盜　　　攝
女　子　高　生

千晴——著

#【各界名家推薦】

「扭曲得可愛的角色，不能對任何人說的秘密，巧妙揉合了犯罪懸疑與高中女生的青春煩惱。這是一本雖不溫馨也不甜蜜，但絕對引人入勝的灰色百合物語。」

——木几（輕小說作家／近作《未解生死之人形》）

剛接觸這本書，一瞬間有被煽情的章節標題嚇到，心想，這該不會是個很重口味的故事吧！但一往下看就會發現根本沒那回事，本書一點也不重口，相反地，還有點小清新，甚至挺可愛的。

作者將「女高中生」這種生物描繪得相當寫實，身為女校畢業的同胞，對書中人物的對話跟生態非常能夠體會。別以為女校就是一群女孩子乖乖的、安安份份地唸書，這裡頭的風起雲湧可是多到你無法想像。

本書的謎團方面設計得非常生活化，就好像你我身邊都有可能發生的故事，一切都是建構在「好奇心」上頭，偷拍狂意外拍到關鍵證據的作品在推理界屢見不鮮，但本書把這個題材又玩出了新滋味——

書中離奇驟逝的校園王子「歐帥」就是每所女校都會有的風雲人物，身邊永遠不缺花蝴蝶，這些「蝴蝶」們之間的愛恨情仇、小心機、小算盤，絲毫不亞於男女合校。但是比起男女之間，女孩子與女孩子的感情，顯得又更神祕莫測一點，讓人忍不住一頁頁往下讀，想一窺其中奧祕。

如果你是像我一樣不吃女女情愛的鋼鐵直女，也請不用擔心，書中描寫的女高中生，是連同性都能感受到的可愛。像小狗一樣處處可憐的施安祈跟主角的互動，總是能戳中笑點與萌點，原本應該沉重的故事，因為有了二人的互動，而顯得多采多姿。

——**北府店小二**（POPO華文創作大賞作家／近作《叮咚！您的包裹請簽收》）

當今小說氾濫，屢次聽聞作品一開頭就要引人入勝，才能吸引無耐性的讀者。若然以此為標準，那麼本作必然滿分，賺盡大量注目。

人類總是對盜攝與偷拍充滿好奇，更何況主人公葉知珩是ＪＫ，簡直是雙重誘惑。乍看開篇，葉知珩正在翻看自己盜攝同學如廁的成果，不禁冒起道德的嘴臉，想要嚴辭斥責這傷風敗俗的行為。可是ＪＫ實在是太香了，而且因為想看剛陽十足的ＧＶ影片，才會拿盜攝畫面賺取點數時，只能選擇原諒她。畢竟女孩子能夠合法進出女洗手間，光明正大裝設針孔攝影機，真夠讓人羨……不，是妒……咳咳，總之就在讀者大腦產生多巴胺、血清素還有類鴉片活性肽這樣的物質，持續刺激而感到興奮時，作者卻筆鋒一轉，讓葉知珩目睹一段不為人知的秘密，疑似與校內知名學生的死亡有關。

誒，等等。老子褲子都脫了，你給我看甚麼？

至此作品便帶着與眾不同的格局，展開異色的推理：主角經由見不得光的途徑掌握案件一部分真相，卻又無法光明正大公開，只能不斷製造新的謊言，掩飾自己的行動及意圖，嘗試追緝兇手。整個過程無疑不斷遊走邊緣，隨時自我暴露引火上身。

正因為有這特殊的背景，才會建構出好幾段可堪玩味的劇情。比方說，我都不知道男人與男人是如何進行性行為。感謝葉知珩，好好為大家補習這些知識。那麼本人也略為獻醜，禮尚往來，為各位發奮向上的好學生提供一些知識。一般而言目前的科學鑑證，可以分辨出受害人的陰道是受陽具抑或硬物（鈍性物或銳性物）插入：再粗如金剛棒，再幼如樹枝，同樣可以辨識出來。那怕戴上安全套，都有辦法檢測出男性殘留的ＤＮＡ及指紋。即使女生用手指插進去，依然會在陰道壁留下痕跡，例如指甲的劃傷，沾附皮細胞，甚至在外陰部留下毛髮等等。

在此向警衛勇伯默哀，警察無能到連死者歐明娟生前曾被手指插入陰道都搞不清楚，先入為主高調拘捕所謂的「疑犯」，後來更無提過有否釋放他，真是可憐喔。果然在百合的世界中，男人都是多餘的，嗯嗯。

——有馬二（島田莊司推理小說獎優選作家／近作《溯迴之魔女》）

目次

狹窄的隔間中走入少女，她規規矩矩穿著學校規定的純白帆布鞋與白短襪，細瘦蒼白的雙腿到膝蓋左右出現深藍百褶裙，她撩起裙擺，瞬間露出粉橘色帶迷你蝴蝶結的低腰內褲，接著她雙手一翻，內褲褪到叉開的大腿，隨著蹲下的姿勢，白襯衫與垂落胸前的黑長直髮尾一起出現在畫面上。

噓——

熟悉的水聲響起，我百無聊賴盯著影像的秒數前進，直到電腦中女孩尿完尿的瞬間，在音軌點下標記，裁切掉後面的水聲。

女孩無聲擦完屁股，重新把內褲穿上，影片到此結束。

該怎麼命名好呢？我邊轉檔邊思索。

一開始做影片，我會幫純畫面的偷拍影像搭上輕柔的音樂，甚至加一點特效，後來發現點擊數還比不上一些解析度更差、但更有偷窺感的影片，最後索性只加上造假尿尿聲後，就原汁上傳，不過一個聳動的標題還是很重要。

清純高中妹放尿實錄……好像不怎麼顯眼。

教會女校聖水採集……天哪好羞恥，我不想承認自己想出這種標題。

私校優等生課間放尿……感覺挺標題詐欺，我根本不知道這位同學是不是優等生，拍攝時間也不是課間，不過總之就這個吧。

我登入「色情擁抱」網站，把剛剪輯好的影片上傳到素人影片區，除了中文標題外當然也加上英文標題，這半年來我在「色情擁抱」上學會的英文比高二的課堂實用得多。

接著，我進入「商業ＧＶ上傳區」，之前上傳影片累積的點數還不少，要下載一片綽綽有餘，我瀏覽網站，物色喜歡的男優和主題。

發現這個網站是在高一暑假，我第一次接觸三次元的肉體碰撞，最開始是逛女性向Ａ片區，但資源量少，開學前我已經看膩了，然而在退坑前，我一時好奇，點進「商業ＧＶ上傳區」。

「Gay」的意思是男同性戀，我是後來才學會的，「ＧＶ」顧名思義就是兩個男人間不純潔的肉體碰撞，如果說看ＡＶ的目的是欣賞肉體，看ＧＶ就是欣賞兩倍的肉體！同樣的下載點數，得到雙倍的享受，而且比起日系花美，我發現自己更喜歡歐美猛男，源源不絕的片源有各種花樣可以挑選，結果很快就用完每日登入獲得的點數。

除了緩慢累積登入和回覆之外，能獲得最多點數的方法就是上傳影片了，有不少高級會員會買商業成人影片，上傳到網站，但先別提台灣到底有沒有商業Ａ片，我的身分證根本沒辦法拿來買那種東西。

某天我在學校尿尿時，聽到隔壁響起水聲，腦中突然閃過一個念頭，於是省了幾個月的零用錢，在學校廁所裡裝上針孔攝影機。

我個人是不怎麼喜歡看別人尿尿啦，不過根據我在素人影片區明查暗訪的結果，這類影片的點閱率也還不差，投資報酬率算不錯，偶爾還會錄到同學在廁所換衣服，對點數不無小補。

就這麼陸陸續續拍下來，上傳了十幾部影片，中間休了一個各種意義上修身養性的寒假，新學期一開始，我馬上又投入製作，一邊擴張我的ＧＶ收藏。

看起來下載進度還要跑一陣子，我繼續放廁所的影像記錄，看看有沒有值得剪輯上傳的畫面。

快轉了好一段時間，錄影的時間已經是放學後，因為是期中考前，大部分社團都沒有活動，我還是邊滑手機邊把錄影放完。

時間來到下午六點十五分，我盯著畫面，準備在學校關門的六點半準時關掉影片，畫面中的廁所卻在此時閃進兩個人，我趕緊按下暫停，把影片進度條拉回兩人進入廁所的瞬間。

首先是個身形瘦高，穿體育服的同學，白棉布料有些汗溼，感覺剛運動完，跟著進來的那個穿的是制服白襯衫和藍百褶裙，體格稍矮一點，長髮垂到隱約可見內衣拉扣的高度。

體育服轉身，無聲的畫面看不出她們有沒有對話，只見到兩個身體越來越靠近，制服似乎踮起腳，一隻手搭上體育服腰間，體育服退後一步，背抵牆面，制服的手順勢滑到肚子，然後慢慢往下。

我愣了一下，心跳才開始加快。

因為被制服自己的身體擋住，我只能看到那隻手扶著體育短褲內側，接著連同褲腳一起往內上方消失，螢幕中露出白襯衫的手臂，像是撫摸貓下巴那樣輕挑慢捻，體育服的手則繞過制服下背，在一片雪白中蜷爪。

體育服的雙腿漸漸彎開，身子沿牆滑下，制服跟著矮身，露出體育服用髮膠抓翹的髮尖，然後是一張清秀卻蒸紅的臉。

「啊！」我此時才驚覺，即使迷茫而緊蹙，這是一張我認得的臉，可是她叫什麼來著……歐……歐……田徑隊的歐……

歐明娟！對，她的本名就是歐明娟。

但是，歐明娟昨天傍晚剛從二年級教學大樓掉下來，傷重不治。

第一章
無碼高清的證據

和羊女中知道歐明娟的人應該不多，但每個人都聽過田徑隊的歐帥，叫歐帥是因為她自己覺得自己很帥，而且雖然沒有人承認，但所有人心裡其實都覺得她很帥。

歐帥是二年四班，就在我隔壁，下課經過的時候常常看到她拿著小鏡子整理頭髮，我不知道她多久用完一罐髮膠。

田徑隊每天放學都要訓練，是少數段考前不休息的社團，歐帥的粉絲也不休息，練習空檔常常有人圍著她聊天，她好像跟任何人都是朋友，當然除了我這種邊緣人。

她死掉的消息傳出來的時候，班上一半的同學哭紅了眼，而我把手機藏在抽屜裡看漫畫。

發現廁所的針孔攝影機拍到她，我才開始搜尋墜樓的新聞，事情發生在昨天傍晚六點多，巡邏的警衛聽到重物墜落聲，趕到現場發現歐明娟倒在第二大樓前的水泥空地，她的書包掉在不遠處，裡面只有一本英文作業簿，總是拿在手上的小鏡子碎裂一地。

雖然緊急送醫，但急救失敗，醫生發現她的腦殼破裂，整個胸腔都是血，除此之外也在陰部發現擦傷，不過沒有他人的體液殘留——顯然他們沒有想到，手指本來就沒有什麼體液。

因為沒有遺書，而且連書包一起掉下來，新聞上寫「自殺可能性低，不排除意外或加害」。

我很難想像一個長到十七歲的人會無緣無故翻越走廊的圍牆摔下來，雖然有很多讓人爬牆的愚蠢原因，但在她的情況，我想不到什麼好理由。

學校在每天下午六點半拉上鐵門，因此所有放學後留在學校的師生，都會趕在六點半前離開，雖然真的不小心超過時間，大門口的警衛還是會幫妳開門，但關上鐵門後，警衛會去巡邏校園，這時候趕到就得在門口等上四十分鐘。

歐帥掉下來的時候，六點半剛過不久，我重新看過廁所內的影片，她和制服同學一起進廁所是在六點十八分，大約六點二十七左右，歐帥突然跟制服同學有些扭打，推開她走出廁所。

照理說，距離關門剩下三分鐘，任何人的第一要務都是趕緊離開學校，但她卻在這三分鐘內留在教學大樓，不久後墜落，這是她自己跌下來的狀況；如果有人把她推下來，那麼還得有一個人也留在學校超過六點半。

如果真的有誰推下歐帥，最可能的人選就是制服同學。

她的個子大約跟歐帥差半個頭，按比例推估，應該是跟我差不多的一百六十公分左右，身材中等，胸部算大，這樣的人在歐帥的愛慕者中大概有一打。

我有點好奇她會是誰？

手機很安靜，班級群組一整晚都沒有訊息，不過我沒參加的一個個小群組裡，大概正討論得火熱，我放下手機，轉頭用電腦瀏覽網友的日常廢文。

然後，我見到自己的網友轉了歐帥的新聞。

說網友也不太對，正確來說，我是她的追蹤者，追蹤她貼在網路上的塗鴉，但從來沒有留言過，不過會看她在發文底下跟不少網友留言聊天，這次也是，新聞連結剛貼出來，底下就聊成一片。

「這個女生看起來很帥欸，怎麼會被〇呢？」

「搞不好有些人看到這型的反而更有征服欲什麼的。」

「不會是因為這樣才自殺的吧？」

「好恐怖喔，連女中裡都不安全。」

我把還在延伸中的留言關起來，用「墜樓」、「和羊女中」當關鍵字，又搜尋了一番，大體上都是看到類似這樣的內容，還有些更露骨的想像，什麼平時在女校被捧的T總算被大〇〇幹得升天了，或是這種裝男人的我不行，之類的評論。

如果不是正好拍到那段畫面，不知道我現在的想法會不會跟那些留言一樣？但實際上的我越看越覺得這些人蠢斃了，一點想像力也沒有。

只是，我還是有點意外是制服同學伸手摸向歐帥。

隔天早上六點四十分，在大部分同學都還沒到校的時候，我走進二樓北側的廁所。

第二大樓的廁所都是白磁磚牆和粉橙色地磚，不至於像一年級那棟樓的老式廁所，看起來怎麼刷都一樣髒，但在明顯不足的日光燈下，有種揮之不去的陰溼。

我通常不會連續在同一間廁所放針孔，上傳影片也是要講究新鮮感，雖然我搞不清楚每次到底錄了誰，還是希望盡可能錄到不同人。

今天我卻打開二樓北側的第一間廁所，也就是歐帥死前進去的那一間。

已經打掃過了，不太可能留下什麼東西，就算撿到什麼衛生紙之類的，我也不是警察，沒辦法化驗。

唉，警察，想到就頭大。

我把針孔攝影機裝在同一個隔間，然後就離開廁所。

二年級有十七個班級，一層樓有六間教室，兩側都有廁所，樓梯在中間，我上三樓之後往自己的教室走，但走出幾步就停下，考慮了一下後，折回樓梯。

通往頂樓的樓梯被拉上黃布條，雖然報紙上沒有寫，看來她是從那裡掉下去的，我鑽過布條上去。

以前從沒來過教室頂樓，但跟我想像中沒什麼差別，空蕩蕩的水泥磚上，有些管線經過。

我站在圍牆邊探頭，圍牆高度到我腰部，歐帥比我高，對她而言或許再低一點，但也不是走著走著就會隨隨便便掉下去。

地上有一圈黃布條，看來這就是歐帥掉下去的位置，但圍牆邊什麼痕跡都沒有。

來到教室，已經有稀稀落落的同學出現，其中古懷瑄一看到我就跑過來，劈頭說：「欸，聽說那個四班歐帥被勇伯強暴。」

我把書包掛在桌緣，敷衍回應：「妳怎麼知道的？」

「他被抓走了。」古懷瑄在我前面的座位坐下，趴上我的桌子，近到捲翹的短髮已經搔著我的手背，「早上就是個新來的警衛，滿帥的喔。」

記得勇伯是學校最常出現的警衛，總是笑咪咪跟進校門的同學打招呼，一臉無害的樣子，很難跟性侵犯連結，也許這反倒是古懷瑄興致勃勃的理由。

「說不定只是請假。」我淡淡說。

「哪那麼巧？」古懷瑄嗤聲，「我有問新來的警衛，他說他被臨時調來頂五天班，公司說過幾天再通知他會不會延長。」

「為什麼是勇伯呢？新聞上不是說沒找到體液？」我坐直看著她說。

古懷瑄趴在桌上，抬頭看我：「這間學校裡有幾個男生啊？又是在大門關上後。」

我忍住翻白眼的衝動，古懷瑄很好相處，但有點八卦，一旦給她好奇的餘地，會有很多麻煩，所以我耐著性子轉移話題：「不過歐帥為什麼會留到那麼晚？是跟誰一起？」

「田徑隊練習啊，她從來沒有缺席。」古懷瑄大部分的朋友都在別班，我一點都不懷疑她的情報力。

制服同學有可能也是田徑隊的一員嗎？我看過有些體育校隊的人會上半身穿制服襯衫，只把下半身的裙子換成運動短褲就去練習，如果練習完後把裙子換回來也不奇怪，而且在操場上就能直接換。

「田徑隊不會留超過六點半，而且她們這麼多人，勇伯怎麼有機會做什麼？」

「這我就不知道了。」古懷瑄相當不負責任地丟下這句話。

我看著她興致勃勃卻無意深究的臉，腦中浮現昨天爬了一晚的網路留言。

「有沒有可能只是巧合，她正好跟誰做了，再因為其他原因墜樓。」

「不會吧？」古懷瑄立刻反駁我，停了一下又補充，「她會喜歡男生嗎？而且會是誰呢？」

我有點想問她知不知道女生跟女生怎麼做，但想想還是算了。

看來想知道那天發生了什麼，還是得從田徑隊下手，但田徑隊的人我一個也不認識，凡是在太陽下的活動我一概不喜歡，古懷瑄也是，所以我不期望她能提供更多情報來源。

在這間學校裡，我也沒更靈通的朋友了，班上還有幾個會固定一起做分組報告的對象，她們都是勤奮守時的好人，但不擅長午休一起吃飯、放學一起逛街，雖說正好符合我的社交額度，這種時候就派不上用場。

因為歐帥死前正好跟人做愛而被懷疑性侵，勇伯也真是夠衰了，即使罪證不足，他在這間女子高中的工作也可能不保，不知道那位制服同學看在眼裡如何？

不過制服同學既然是歐帥生前最後接觸的人，說不定她有比起跟同學躲在學校廁所做愛更不敢出面的理由。

如果給警察看那天針孔拍到的影像，勇伯馬上能洗清嫌疑，但我不可能這麼做。

另一條路就是，先找到制服同學，讓她親自告訴警方真相。

於是，我來到二年四班。

四班有個高一跟我同班的魏湘涵，座位相鄰時會講幾句話，分班之後就再也沒打過招呼，我想了想藉口，最後假借高一班代的名義，說班代想找人跟男校聯誼。

我們隔著窗說話，魏湘涵問了些要去哪玩、幾個人之類不痛不癢的問題，我在談話時，目光瞥見教室最後一排，有張擺滿紙鶴的桌子。

「那是歐帥的位子，妳知道吧？前天跳樓那個。」她見到我的目光，突然壓低聲量說。

我點頭，一樣用講祕密的口吻說人人都知道的事：「報紙不是說有可能是被推下去嗎？」

魏湘涵聳肩：「誰知道？但怎麼會有人想殺她？喜歡她的人比較多吧？」

「妳們班也有喜歡她的人嗎？」我趁機問。

「可多呢！」她回頭，視線掃過一團一簇聚集的女孩子，看不出誰的身形比較像影片上的人。
「那她呢？她有喜歡的人嗎？」
魏湘涵搖頭：「她跟每個圍在身邊的人都很好，但好像也不會主動找誰。」
越過魏湘涵肩頭，我窺探二年四班教室跟制服同學差不多身高的黑長直，在場就有好幾個。
這時，一個特別矮小的同學走近歐帥的座位，她有一頭淡色的短捲髮，綁了兩小撮在頭頂，有點像是小狗。
「她又來了。」魏湘涵靠近我，悄聲說。
「誰？」
「名字不知道，好像是歐帥高一時的同學。」
我看著那小狗把懷裡的東西一股腦擺上歐帥的桌子，那是一大把紙星星，用文具店買的漂亮長條紙摺，我記得小學時流行過一陣子。
「她早上也拿了一大堆來。」魏湘涵幾乎湊在我耳邊說話。
「還有其他班的人過來嗎？」我對小狗實在沒興趣，因為她不是黑長直，也不夠高。
「昨天很多，但今天就沒有了。」
說起來，四班的氣氛看起來跟平常沒有兩樣，除了那張擺滿東西的桌子，我不知道一般來說朋友的死該難過多久，我的朋友大部分都在網路上，有一天突然死了，我也不會知道。
「喔對，排球公主也來了，哭得像怕別人不知道。」
「公主？」我疑惑看著魏湘涵鄙夷的神情。

「我覺得她也沒多漂亮，只是比較會打扮而已。」
我順著她的話頭問：「該不會也是那種離子燙假清新？」
「妳說對了！」魏湘涵狂點頭，「她的腿有夠粗，穿運動褲根本不能看，不知道為什麼一堆人捧她？」
我是不太清楚魏湘涵對腿粗的標準，至少我相信不會比她自己還粗，影片裡制服同學的腿還稱得上結實，不是那種有肥肉的，如果說是打排球練出來的腿，也算合理。
「她也是二年級的嗎？我們這屆本來就沒什麼正妹。」
「好像是七班的。」魏湘涵想都沒想就回答，聽起來熟悉得很。
「沒印象。」我搖頭，「妳知道名字嗎？」
「應該是連依雯，她身邊也是都會有一坨人，很好認。」
「喔！好像知道。」我裝模作樣地說，其實根本什麼也沒想到，「那種型的，在歐帥的粉絲裡面很多吧？假掰的不都像複製人。」
「有啊，我們班就好幾個。」魏湘涵的目光飄向教室遠處一團人，我搞不清楚她指的是誰，「不過不是每個都腦殘，有個特別誇張的，跟歐帥講話聲音直接高一個八度。」
「合唱團應該找她的。」我心不在焉地回應，內心決定要去二年級七班看看這個「公主」，藉口到時候再想，或許她的身形能讓我認出來。
然而到了七班，被我隨便抓來傳話的同學說，她今天沒有來學校，也不清楚請假多久。
看來只能等明天了，雖然我其實也不怎麼在乎啦。

但是，當天下午數學老師就不見了。

下午第一節數學課的時候，班導師走進教室，丟下一句自習，就在講台坐下，同學自然是議論紛紛，不過老師看來是鐵了心，什麼都不肯說。

「妳有聽說什麼嗎？」我在抽屜裡傳訊息給古懷瑄。

「一定跟歐帥的事有關。」古懷瑄馬上回應。

「是妳猜的，還是有消息來源？」

這次古懷瑄已讀了好一會兒。

「科研社的朋友說，應該是被懷疑了，老師跟她做實驗到快六點，她趕著去補習，只有老師留下來收拾。」

還真是個被學生吃得死死的老好人，我忍不住想，不過這一把年紀還單身的男人，就是有些死腦筋會懷疑，其實我覺得自已一個人的性生活有時候還更活躍呢。

這間保守的教會女校根本沒幾個男人，要找一個男的嫌疑犯也真是為難他們了，讓老師搞到上課時間要去警局報到，數學老師不太會講話，有時候被幾個比較伶牙俐齒的同學鬧就回不出話來，這樣下去不知道得在警局待多久？一些難搞的家長如果聽說這個消息，不知道他還能不能在學校待下去？

我越想越覺得不妙，背這種鍋實在太不值得，明明只要警察知道真正跟歐帥做愛的人是誰就好。

如果說，我假裝自己看見她們一起走進廁所呢？學校裡沒有監視器，我都調查過才敢放針孔，沒有人能證明我當下有沒有出現在那裡，我就說看到兩個人一起進廁所，覺得奇怪，然後在外面偷聽到奇怪的聲音，這樣就好了吧？

接下來的半天我幾乎沒有聽課，內心反覆計畫該怎麼向警察開口。

離學校最近的警察局騎腳踏車大約二十分鐘，不是那種一進去就有人坐在櫃檯的派出所，我跟看起來很正式的窗口說，有前天和羊女中墜樓事件的線索，他還一臉懷疑，等了好一會兒，才有一個臉很臭的短髮阿姨出來。

她把我帶進一個只有一張桌子的小房間，我們面對面坐下，我以為她要開始問話，想不到是先拿出表格，讓我填一堆基本資料。好不容易寫到手都痠了，她才抬頭正眼看我。

「等一下做筆錄的時候為了記錄，會全程錄音，接受的話請幫我在這邊簽名。」

我再一次簽下已經支離破碎的「葉知珩」，筆錄才終於正式開始。

我告訴警察，那天放學後我在學校待到六點多，離開前看到歐明娟和另一位同學一起進同一間廁所，因為覺得奇怪，就在外面注意了一下，聽到裡面發出奇怪的聲音，之後歐明娟突然一個人出來，我趕緊躲開以免被發現。

「妳有看到歐明娟的長相，卻沒有看見另一個同學的臉？」警察果然馬上問。

「大家都認識歐明娟。」我說出想好的回答，「她很有名，有很多朋友。所以我看到側臉就認出來了，但另一個人比較矮，有點被歐明娟擋住，我看不太清楚。」

警察點頭，感覺至少暫時接受我的說法，然後她又問：「我想確認一下，妳是二年五班，教室在三樓樓梯的南側第二間，沒錯吧？」

「對。」我看著警察阿姨，她還是一臉大便，分不出情緒變化。

「妳說在二樓北側的廁所遇見她們，但妳為什麼要特別跑去那一間廁所？」

我這才明白警察的用意，同時渾身熱起來，不好好回答這個問題，她就會懷疑我吧？

「我本來想回家再上廁所，但下一層樓後突然改變主意。」

警察的臭臉明顯露出不以為然，她沒有馬上說什麼，在筆錄上刷刷刷寫了一陣，才又開口：

「妳說妳認識歐明娟，對吧？」

我揣摩警察的意思，應該是要確認我看到的是不是歐帥？

「對，我不會認錯人。」

「妳是怎麼認識歐明娟的？」警察傾身靠近。

糟了，她感覺就是要懷疑我。

「我說過了，她很有名，再說我們教室在同一層樓，走廊上也常常會見到。」

「妳會因為看到她跟別人一起進廁所就躲在旁邊偷聽，這樣不只是在走廊上看過的關係吧？」

我得承認，平常我根本不會管這種八卦，但我相信有很多同學會注意這種事，況且以歐帥的知名度，八卦更有價值，所以我繼續堅持：「看到名人的八卦，誰都會注意吧？」

「妳是說，妳在一般人早就回家的放學後，去了自己平時不會去的廁所，正好遇到死前的歐明娟，和一個連妳也說不出是誰的同學？」

我深吸一口氣，不能慌張，萬一講出矛盾的話，我就完了，弄不好還得供出針孔攝影機的事，到時候就不只是麻煩了。

「事實就是我一開始說的那樣，警察阿姨，妳還想知道什麼，可以問。」

警察的視線有個瞬間變得有點兇狠，是我太強硬了嗎？是不是要裝害怕比較好啊？

「妳只要老實說就好。」警察生硬地說。

我沒說話，她也沒說話，然後她突然站起來，走出房間。

這是什麼意思？如果警察聯絡媽媽的話，會跟她怎麼說？媽媽上班被打斷應該會很生氣，大概不會來警局，雖說這樣也好，但我會不會不能回家啊？

我拿手機出來看，沒有任何人傳訊息給我，媽媽的話會直接打電話過來，我不知道還能等什麼？我刷了一些垃圾資訊，但一直沒辦法專心。

小房間的門再次打開時，我幾乎覺得鬆了一口氣。

進來的是比剛剛那個阿姨還老的男警察，他對我笑了笑，拉椅子坐下。

「看起來我們馮媽媽把妳嚇到了？」

雖然帶著笑容，這種安慰小孩的口氣，我一聽到就覺得比剛剛臭臉大半天的女警察反感。

「你還想問什麼？」我冷淡反問。

「只是確認細節，畢竟每個細節對案情都很重要。」他往後靠上椅背，「前天放學，妳幾點離開教室？」

這時間點我記得很熟，馬上回答：「大概六點十五分。」

「在這之前一個小時又十五分鐘，妳在教室裡做什麼呢？」男警察保持做作的微笑問。

雖然剛剛沒有說，我其實有編好藉口，所以也立刻回答：「快要期中考了，我在整理小考考卷，就順便訂正了一下答案，發現超過六點才趕快收一收回家，所以時間還滿確定的。」

男警察點頭：「很認真嘛，有其他同學也留下來嗎？」

「我沒有注意。」應該是要問有沒有人能證明我確實留在教室，「至少我要走的時候，教室裡沒有其他人。」

這樣回答有些風險，萬一那時候班上有其他人還在，反而證明我在說謊，但我賭警察目前不可能調查過二年五班的狀況，先求今天能脫身，之後就再說吧。

警察阿伯還是笑笑地繼續問：「好，妳剛剛說妳在六點十五分離開教室，大概什麼時候撞見歐明娟？」

「從教室到樓下的廁所很快，雖然我猶豫了一下，差不多就兩三分鐘以內。」

「那妳離開廁所的時間呢？」

「感覺大概十分鐘吧？」雖然我很確定她們待在廁所裡的時間是九分十二秒，但稍微裝了一下。

「這樣算起來，大約是在六點二十七分？」

雖然男警察的笑容依舊，我突然發現不妙，三分鐘內要到校門口，再怎麼說都太趕了，就算我真的背著書包跑到，應該也會被勇伯記起來。

「妳來得及出校門嗎？」

果然是這個問題，如果我說趕上了，警察跟勇伯求證馬上就知道，說沒趕上，數學老師不久後也會出現在校門前。

「我是爬牆出去的。」不敢遲疑太久，我把當機的腦袋中找得到的第一個念頭說出口。

「喔？」

男警察的表情第一次有變化，我覺得是個好現象，稍微放心繼續說：「我們學校圍牆很高，但是藝能大樓的牆中間卡了一棵老榕樹，可以藉著樹幹翻牆。」

眼前的阿伯露出不知道該不該相信的表情，但我說的是真話，有幾次午休時間，我就從那邊爬出去包便當，和羊表面上是最乖順不過的私立教會學校，但不知道這條捷徑的學生反倒是少數。

遲了好幾秒，警察阿伯才終於點頭，勉強笑著說：「我們大概了解了，等一下要請妳看過筆錄後，再簽個名。」

贏了！我在心底歡呼，很難克制不嘴角上揚，爬牆角落沒有監視器是確定的事，除非警察證明我在別的地方，不然沒辦法說我沒有爬牆離校。

警察阿伯花了好一會兒才寫好筆錄，不過我完全沒有不耐煩，聽他仔細唸一遍，才好好簽上名。

「好了葉同學，謝謝妳提供的資訊。」警察機械性地講完這句話，我終於從坐了快兩個小時的椅子站起來。

已經冒著危險說出歐帥和制服同學的事，接下來能不能找到兇手，就看警察的造化了。

離開小房間時，天已經暗了，門口不知何時擺上一張摺疊椅，坐著的人穿著眼熟的制服，還有耳朵上方綁的兩小撮頭髮。

是小狗！她是被傳訊嗎？她不是歐帥的朋友？難道被懷疑了？

小狗似乎也看到我身上的制服，但顯然是陌生的眼神，畢竟今天她到四班的時候哭得要命，沒注意到我也是正常。

我趕緊閃開交會的視線，快步離開警局。

我沒料到，隔天馬上又見到小狗。

「葉知珩，外找。」下課沒多久，就聽到古懷瑄扯開喉嚨大叫。

我才剛趴下就不情願地站起來，像我這種不參加社團，跟高一同學也沒聯絡的人，怎麼會有外找啊？

到門口才看見是小狗——在歐帥班上第一次見到，又在警察局見過第二次的同學，但我現在連她的名字都還不知道，只見她仍然紅著眼睛，低著頭。

「妳是誰？」我毫不客氣問。

「二年六班施安祈。」她的聲音很溫順，但答得也直接，「我們到大榕樹那邊說，好嗎？」

短短十分鐘下課，要走到最偏遠的後牆大榕樹講兩句話又回來，正常來說我是不可能答應，但既然昨天在警局碰面，我也可以理解她要說的事情多半不適合在走廊談，所以點點頭，便跟著她過去。

我們一路誰也沒說話，施安祈個子很小，我在女生裡面已經算不上高，施安祈又矮了我半個頭，但她的步伐很急，我也要稍微快步才能跟上。
周圍的人影漸漸消失，遠遠看到大榕樹時，目光所見已經沒有其他人，我還沒停步就先開口：「妳是要跟我說歐帥的事情吧？」
施安祈的步伐頓了一下，然後放緩轉身，略微浮腫的眼皮下，視線飄移瞬間，但又揚起。
「警察問我，明娟有沒有五班的朋友？所以我猜妳在五班。」她輕聲而流暢地解釋，或許來我們班之前，已經在心裡預演過許多次。
原來小狗是被找去問有關我的事，我不太意外，警察大概懷疑我跟歐帥本來就有交情，雖然昨天暫時放我走，之後應該還會來找麻煩，或許我可以從施安祈這邊探到一些消息。
「妳想問什麼？問我有沒有說謊嗎？」
然而施安祈睜大浮腫的眼睛：「妳跟警察說謊？」
「當然沒有。」我沒好氣說，這人是太天真還是怎樣，都被警察盤問過關於我的事，還沒想過我可能是嫌犯嗎？她如果一點都不懷疑我的話，幹嘛又來找我？
「所以妳到底還想問我什麼？」
「警察沒有告訴我，妳跟他們說了什麼。」施安祈解釋，「他們找我是想再確認明娟的交友關係，尤其是有沒有女朋友。」
我注意她提到「女朋友」的語氣輕描淡寫。
「因為正好在警局碰見妳，我猜是妳告訴警察什麼，才讓他們這麼問。」施安祈直直望過來，「我可以知道，妳看見了什麼嗎？」

「妳想知道這個幹嘛？」都已經跟警察講了，要我跟誰講都無所謂，但我好奇，施安祈為什麼要在乎這件事。

施安祈抿唇，然後回答：「我不知道她有女朋友，所以覺得奇怪，才想問清楚到底是怎麼一回事……或許也……」

「也怎麼樣？」我打斷她的支支吾吾。

「我……想找到讓明娟掉下去的原因。」

說這話時，施安祈硬撐著晶瑩的眼角，似乎能讓我在反光中見到自己的黑影。

我愣了一陣，才說：「警察都在找了，妳還想怎麼樣？」

「這種事，不見得有辦法跟大人講，是吧？」施安祈的眼神飄向遠處，「我本來覺得，明娟如果喜歡誰，我一定會知道，但會不會是對方希望保密呢？這樣的話，就算警察來問，也不可能說吧？」

「所以呢？」我好像猜得到她想做什麼。

「如果是我去問，我想說不定有那麼一點點機會，說動那個人講出來。」

果然，我重新估量眼前的人，她真的很矮，髮型超沒品味，像隻不會咬人的小狗，但是當她要站在門口等人的時候，說什麼也拉不動。

再說，我也得確認清楚警察到底懷疑我到什麼程度，跟施安祈問了什麼。

「放學之後十五分鐘，來教室找我。」

最後一堂課是數學，今天是代課老師，我想數學老師應該不至於還留在警局，或許跟勇伯一樣，被請假了。就算警察相信我昨天的證詞，要讓難纏的家長們相信，恐怕要等真相大白吧？

我在抽屜裡查新聞，新聞裡有寫到第一發現者田姓男警衛和當天留校的林姓男老師到案說明，底下不意外出現一堆「狼師」之類的留言，要不是我昨天有去警局，現在看了可能會有點良心不安吧？還好老師至少還沒被挖出網路上的帳號或照片什麼的。

只是我現在有其他該不安的事，昨天離開的時候，警察看起來還是滿懷疑我的說詞，教室裡沒有監視攝影機，今天也沒看到警察來班上，因此他們應該還沒有查到我當天下午是不是真的留在教室，我希望他們直接去查歐帥是不是真的有跟同學在廁所做愛就好。

希望等一下過來的施安祈，能夠給我一點有用的資訊。

鐘聲一響，整間教室就悉悉窣窣起來，等老師一聲「下課」，瞬間椅腳叩嘍此起彼落，與吱吱喳喳的談話相雜，過了十分鐘左右，整間教室重新歸於平靜。

我獨自坐在位子上，五點十五分，準時聽見腳步聲。

「知珩？」施安祈輕飄飄的聲音從我背後傳來。

「先坐吧。」我拉開走道另一邊的椅子。

施安祈遲疑瞬間，然後淺淺坐在椅子的前三分之一，仍掛在肩膀的書包抱在膝上。

「我先告訴妳，事情發生那天下午，我所見到的事，然後妳得回答我的問題，這樣可以嗎？」我看著施安祈的眼睛。

她沒有避開視線，但是有一點疑惑：「我會老實跟妳說我知道的事，但我其實知道的不多。」

「至少，跟我說警察還透露了什麼。」我最擔心的就是，施安祈是來試探我的，雖然我有自信不會講出矛盾的話。

「我現在就可以先告訴妳，但就跟早上講的差不多。」施安祈說，「他們直接問我明娟有沒有女朋友，我說沒有之後，他們又問有沒有五班的朋友，我說她的朋友很多，五班或許也有，但我不認識，他們又換個方式問了類似的問題，但沒有新的答案，所以就讓我回家了。」

聽起來，警察應該覺得我就是跟歐帥一起進廁所的那個人吧？那種「我朋友」就是「我」的經典套路，真是的，我要是想捏造一個不存在的女朋友，好歹也要跟本人的體型完全不同啊，幹嘛講個跟我自己一樣長髮、中等身材的幻想朋友？

「聽著，施安祈。」我雙手撐著膝蓋，上半身向她靠近，「警察擺明不信任我說的話，但妳既然想聽，就得相信我，不然就沒有意義了。」

「我為什麼要不相信妳呢？」施安祈提高聲調，好像不被信任的是她。

我聳肩：「我也不知道警察為什麼要懷疑我。」

施安祈看著我，突然伸出手，疊在我的手背上。

「妳說吧。」

我愣了一下，有點想抽開手，又覺得彆扭，於是別開臉，直接開始說：「那天放學，大約六點二十分的時候，我經過二樓北側靠近七班的廁所，看見歐明娟和另一個女生一起走進同一個隔間。」

我感覺到施安祈的手滑開，於是抬頭看她，她的表情明白這樣的關係，所以不解她所認識的歐明娟為什麼會這麼做。

「那個女孩子，個子比歐明娟矮半個頭，頭髮大概是這個長度。」我比著自己的背心，大概比我的髮尾低一點，「沒有染，大概有離子燙，身材不算很瘦，但沒什麼贅肉，我沒看到她的臉。」

施安祈沒有反應，仍然維持驚訝和困惑的表情，我幾乎想要在她的鼻子前揮手。

「欸，換我問了吧？」

「啊！好的。」施安祈這才回神，「抱歉，我真的很……意外。」

「妳不覺得她會交女友嗎？不是很多人喜歡她？」

「但是，她真的從來沒跟我說過對誰有特別的好感，她是個什麼想法都寫在臉上的人，如果談到喜歡的人，應該會有表現。」

我看著施安祈的臉，雖然滿滿的不解，但很坦然，應該是可以接受同性戀的存在，這樣很好，比較好談，不過說起來，歐帥這樣的女生，越是傳統的人，反而越會懷疑她是同性戀吧？

「我先講得直接一點，妳覺得她不會對妳有祕密嗎？」

施安祈淺淺笑了，不過樣子十分哀傷：「應該也不會什麼都說，但她喜歡什麼的樣子總是藏不住，譬如說她最近很迷張景維，每天都要講好幾次，手機桌布、待機畫面什麼的，通通都變成張景維的照片。」

「她會迷男星？」這跟我的想像有點出入。

施安祈點頭：「對啊，高一到現在換過好幾個，每個平均會迷三個禮拜左右吧？」

「有迷過怎樣的女星嗎？」

施安祈搖頭：「至少我認識她到現在，沒聽說過。」

「好吧。」我先保留疑惑，繼續問，「她在學校還有哪些特別親近的朋友，長相符合我剛剛的描述？」

「這個嘛……」施安祈想了好一會兒，「她跟她們班上每個小團體都交情不錯，常常跟不同人走在一起，如果說最符合妳看到的條件……應該是江之陵吧。」

「江之陵？」我心裡想起昨天魏湘涵說的高八度同學，不知道是不是這人？

「嗯。」施安祈大力點頭，「還有好幾個很常跟明娟在一起的同學，但條件符合的就是她。」

「那四班以外呢？」我又問。

「她跟體育校隊的人都很熟，不過田徑隊那幾個好像都是短髮，羽球隊那幾個長髮的太高了，桌球隊的太矮，籃球隊那個是捲髮……」

「那排球隊呢？」我打斷施安祈的苦思。

「排球隊好像沒有很……啊，那個人應該符合。」

「誰？」我盯著施安祈。

「連依雯，她們好像是寒訓之後才開始變得要好。」

再次聽到排球公主的名字，看來真的得去找她了。

「所以目前最有可能的人，就是江之陵和連依雯吧？」

「我知道的人裡面，也只有這兩個人身材和髮型能符合。」施安祈往椅背靠。

「這樣是好事，我原本以為符合的人很多，現在這樣我們只要從兩個中找到正確的那個人就行了。」

「嗯！」施安祈重新坐直身子。

「她跟這兩個人，真的都沒什麼曖昧嗎？」

施安祈再度露出苦思，最後還是搖頭。

「那麼換個方向，那天歐帥是去田徑隊練習吧？她有跟校隊的人提過，練習結束之後要去找誰嗎？」

「我是有問過那天明娟練習的狀況，田徑隊裡的人說，她看起來很開心，跟平時沒兩樣，練習大約在六點十五分左右結束，這樣才來得及在六點半前收完道具，離開學校。那天明娟好像有約，練習一結束就走了，大家很驚訝她超過六點半後還在學校裡，還……發生了這種事。」

「有約？是她自己說的，還是田徑隊的人推測的？」

「這個嘛……」施安祈想了好一會兒，「明娟應該確實有這麼說，因為她們還調侃說，那個人怎麼不親自來操場等明娟。」

這對我來說一點都不奇怪，我才不想踏近操場半步。

「田徑隊練習的時候，常常有人去等歐帥嗎？」

「我有時候也會去喔。」施安祈說，「如果約放學後要一起去哪裡，在教室等也無聊，我會先寫一下作業，時間差不多的時候，就把書包背下去操場等她，甚至在練習完後幫忙她們一起整理道具。」

我心念一轉，趕緊問：「妳有見過那兩個人在操場邊等歐帥嗎？」

「欸，不太有機會欸。」施安祈露出一點為難，「畢竟明娟如果跟我有約，就不會約別人啊。」

「說的也是。」我點頭，「好吧，我的情報就到這裡，接下來妳打算怎麼辦？」

我看著施安祈，她倒是馬上抬頭，直說：「我會去找她們兩個談談。」

「談什麼？」我一愣，「說妳們被警察懷疑，順便講一下誰是抓耙仔嗎？」

施安祈慌忙搖手：「就算那天最後跟明娟在一起，也不一定跟後來的事情有關啊，只是說不定知道更多線索，譬如明娟還打算去見誰之類的。」

我嘆一口氣，然後說：「補充一點，她們兩人進去廁所後，過了一段時間，我看到歐明娟一個人衝出來，我不知道她們在裡面發生了什麼事，但也許不是那麼和平。」

施安祈垂下臉，一會兒後還是說：「不管怎麼樣，還是得問問看，我不會說出從哪裡聽到這件事。」

「妳這樣是問不出來的。」我其實很贊同施安祈去追究那個人，不趕快找出來的話，誰知道警察什麼時候會發神經把我當嫌犯，有身為歐帥生前好友的施安祈出面，比我自己調查容易得多，「讓我跟妳一起去，妳只要負責當難過的好友就好，其他都由我來說。」

「真的可以嗎？」施安祈偷看我的眼睛。

「也只能這樣了。」

「妳真的……願意幫助明娟？」她說著，眼眶突然就紅起來，明明坐在椅子上，卻深深彎腰，「謝謝！拜託妳了！」

「這……也沒什麼。」我含糊帶過，就讓她誤會也好，她知道我擔心被警察懷疑是不要緊，但我還有一層擔憂是，警察可能發現我其實是靠偷拍看到歐帥跟制服同學的事，這可不能讓施安祈知道。

施安祈大力搖頭，一邊用力吸鼻子：「光是願意多去做一些事情，我就覺得很感謝！」

我看看教室的時鐘：「不知道今天排球隊有沒有訓練？或許我們可以先去找連依雯？」

施安祈搖頭：「校隊星期四都休息，明天放學再去找她吧。」

「那我們可以用午休時間先約江之陵談一談，中午吃完飯後，在四班會合？」

「好。」施安祈點頭。

我看著她認真的臉，突然想，以身材來說，施安祈固然不可能是制服同學，但她是怎麼看待歐帥呢？她也是渴望獲得青睞的一員嗎？她談到歐帥的女友很冷靜，但始終不可置信，會是否認的心理嗎？

不過現在人都死了，無論原本帶著什麼情感，也沒有意義，只是有那麼一點點好奇罷了。

第二章
制服同學強制暴露

隔天，施安祈還是綁著小狗頭，但眼皮沒那麼浮腫了，我們在四班外面會合，請門口的同學叫出江之陵。

第一眼看到江之陵，我覺得身形跟影片中很像，昨晚還特別為了會面，反覆重看好幾次歐帥和制服同學的影片，江之陵的膚色也是略深，眉毛和眼睛都很細，不是那種洋娃娃型的可愛女生。

她好像認得施安祈，兩人點頭招呼。

「怎麼了？是有關歐帥的事情嗎？」

「對。」施安祈抬頭看我。

「可能要花一點時間，我們去圖書館講吧。」

江之陵臉上明顯露出狐疑，但她又看了施安祈一眼，便點頭答應。

「話說，妳是誰啊？」往圖書館的路上，江之陵問。

「安祈的朋友，五班的葉知珩。」我這樣回答。

江之陵聳肩，不置可否。

我們進到圖書館，在書架最角落的桌椅坐下，附近沒有別的同學，也是圖書管理員視線的死角。

「我就直說了，我們在找歐明娟的女朋友。」

江之陵瞪大了還是不怎麼大的眼睛，我的眼角瞥見施安祈同樣一臉震驚，希望江之陵沒空注意。

「怎麼會？她有女朋友？」江之陵的聲音抬高八度，我連忙在嘴唇上比出食指。

「是個祕密，她連對施安祈都不肯說。」我煞有其事地講，「因為我開團購要買日本的髮帶，她說要買去送人，現在東西來了，我卻不知道是要給誰的，只知道那個女生是黑長直髮，大概到這個長度。」

我用手比在自己胸前，江之陵若有所思地捲著自己的髮尾。

「我問施安祈的意見，她覺得跟歐帥最要好的人裡面，髮型接近的就是妳了，因為歐帥已經付錢，如果那個人就是妳的話，東西就直接給妳吧。」

「她也沒說要送的人就是女朋友吧？」江之陵說。

「是沒有明講，但口氣聽起來像是。」我回答，「怎麼樣？還是妳有想到其他可能的人選？」

「怎麼可能……」江之陵喃喃說，「大家都很喜歡歐帥，不只是什麼外表或女校之類的，不然這麼多人出去補習和社團活動難道缺男生嗎？她人真的很好，對所有人都一樣，才不是那種只想交女朋友的。」

「還是比較有好感的呢？」我進一步追問，「妳們這麼要好，應該有點線索吧？」

我本來想捧一下江之陵，想不到這句話似乎起了反作用，江之陵癟起嘴：「平常下課她也不會主動跟誰黏在一起，她才不會只買髮帶給一個人。」

歐帥從來不會主動找朋友，是因為她還來不及動作就被團團包圍吧？我克制住白眼的衝動，換個角度繼續：「還是，有誰喜歡她嗎？」

我以為這個問題會因為範圍太大無法回答，但江之陵馬上大力搖頭，殺氣騰騰地說：「歐帥不能被獨佔。」

這到底是現實還是願望，我不相信江之陵自己不清楚，忍不住戳她：「妳難道不喜歡歐帥嗎？」

江之陵瞪著我，嘴唇動了幾下，說不出話來。

「好了，知珩。」施安祈低聲說，我差點忘了她也在這裡。

我站起來，施安祈對江之陵點頭，也跟著站起。

「好吧，那麼……」

「我們都很喜歡歐帥。」江之陵打斷我，她垂頭盯著桌面，我看不到眼睛，「但沒有人打算當那個特別的人，這是大家都知道的事，不然妳去問黃梵星吧。」

「所謂『大家』，指的是誰？」我不急著問那個陌生的名字。

「至少我們班上的所有人。」

「那為什麼是問黃梵星呢？」

突然感覺到袖子被扯了一下，轉頭看到施安祈低聲說：「這個我等下再跟妳解釋。」

「嗯。」我點頭，然後繼續向江之陵說，「妳的意思是，四班以外的狀況，妳就不清楚了？」

「田徑隊那邊也是。」江之陵說得篤定，「我們班另一個田徑隊的，上學期剛開始的時候幾乎每天都跟歐帥在一起，後來也慢慢會控制，既然放學都要一起訓練了，白天就不要老是來煩她。」

「這樣啊。」我對她的話抱持保留，「既然妳不知道歐帥會送誰髮帶，就不打擾妳午休了，再見。」

我們一走出圖書館，施安祈就拉住我的袖子。

「妳怎麼……說什麼買髮帶的事……」

我趕緊回頭，不過沒看到江之陵，或許她還待在那個角落，我反拉施安祈的手，匆匆走到圖書館外面，拐到側面牆邊，才鬆開她，施安祈乖順地停下腳步，抬頭看我，我望著那雙等待的眼睛，本來想罵她的火已經平息。

「我為什麼要編造送髮帶的事？總不能直接說出那天目擊的狀況，這樣任誰都知道我們在懷疑歐明娟的女朋友，如果是她挑的禮物，我猜那個女友——或許該說前女友，應該還是會想要吧？這樣才有機會讓那個人承認。」

施安祈的眉毛和眼睛擠成一團，似乎連聲音也有些沙啞：「但是，到時候其實她什麼也沒有……」

「我會買一條代替。」我強硬打斷，「說什麼謊，我都會負責圓。」

施安祈搖頭：「她會一直以為那是明娟送的。」

「這樣不好嗎？」我的火又隱隱燃起。

施安祈咬住下唇，思索了一下：「我寧可之後再跟她道歉，如果她喜歡明娟，也會理解的。」

我懶得跟她爭執，反正就算被那兩人當騙子也不會少一塊肉，純粹是想省事而已。

「如果妳想得出更好的藉口，我很樂意配合，不然的話，放學去找連依雯的時候，妳在旁邊恬恬就好，等我們調查完，妳想怎麼跟她們解釋都隨便妳。」

施安祈垂著臉，好一會兒後才低聲回答：「我最後還是會老實跟她們道歉。」

「說不定她們其中之一就是歐明娟掉下去的原因。」我伸了個懶腰，「對了，剛剛說的黃梵星，到底是怎麼一回事？」

「喔對。」好像成功轉移施安祈的注意力，她不再低著頭，「高一的時候，梵星、我和明娟都在二班，梵星有陣子幾乎每節下課都會去找明娟，明娟也不是討厭她，對待她跟所有其他人一樣，班上有些人就開始說梵星很纏人。」

「那妳呢？妳跟歐帥要好不會被說話嗎？」

「我也有點忘了，應該是有一次抽到前後座之後才比較熟。」

至少可以確定，施安祈跟歐帥並沒有黏到會被嫉妒的程度。然而這麼多差不多程度的朋友中，獨獨施安祈一個追究起真相來。

「總之，到了情人節的時候，大家不都會拿巧克力來分嗎？梵星帶來一盒包裝得很漂亮的巧克力。」

「嗯，是要送給歐帥的嗎？」其實我沒印象情人節有人在分巧克力，不過想也知道喜歡這種事的人不會分給我。

施安祈搖頭：「不知道，因為她還沒把巧克力送出去，就被一群人圍住，大家強迫她把那盒巧克力拆開來分給大家，她不肯照辦，然後巧克力就被搶走了。」

交手腕。

「歐明娟知道這件事嗎？」

「這個我不太清楚。」施安祈的樣子有些為難，「至少我們沒談過。」

「是喔。」現實果然不像少女漫畫那樣，會被霸凌的人當然不可能有讓王子為她站出來的社交手腕。

「那之後黃梵星在班上就完全被孤立了，她每次去找明娟，都會被明娟旁邊的人無視，我有時候會主動跟她講話，但她好像也不太想理我。」

我沒有再問歐明娟有沒有理黃梵星。

「升高二之後，她跟明娟分在同一班，同樣的狀況好像也延續下去，我想這就是之陵的意思吧？」

我點頭，然後說：「我大概知道了，不過這反而表示，任何人想要跟歐明娟有進一步的關係，很有可能會表面上裝作沒這回事。」

「是這樣嗎？」施安祈愣了一下。

「不管怎樣，下一步都是連依雯，我們放學後去排球場會合吧？」

「嗯好。」施安祈趕緊點頭，然後突然想起般又說，「妳還是盡量少說一點謊話吧？」

「我知道。」畢竟謊說多了也不好圓，這倒不需要她提醒，「好了，我要走啦，妳也快回去教室趁上課前再睡一下吧。」

施安祈沒有再多說什麼，默默跟在我身後，我故意忽視她的存在，假裝只有我一個人走路。

即使歐帥什麼都沒說，施安祈還是沒有忽視黃梵星，這個人到底是怎麼回事？是憐憫，或是歉咎嗎？情人節的時候，她也有想過要送巧克力嗎？或者那時候還是她所謂不太熟的時候呢？

至少事到如今，歐帥也死了，就算只有她一個人做出追查真相這樣「特別的事」，也不會有人在意了吧？

雖然下星期就要段考，排球隊今天還是照常練習，聽說和羊的排球隊還算不錯，這幾年都有打進乙組的全國比賽，不過乙組聽起來就比甲組差很多，以一間升學為重的私立學校來講，大概也就這樣子了吧。

我走到球場邊的時候，看到施安祈已經站在那裡了，她抬著頭，仰望球網前跳躍的選手，我默默站到她身旁，低聲問：「連依雯是哪一個？」

「啊，妳來了。」她也壓低聲音回應我，「現在站在後排正中那個……啊，妳看！」

說話間，網前的高個子托球，後排正中那個女孩挺腰躍起，濃密的黑髮隨之飛躍，她在空中高點殺球，那球緊挨著網子上緣，直線擊中對面球場的邊線內。

「嬙啦！」

場邊場內一致尖叫，落地的連依雯臉上揚起笑容，彷彿反射了傍晚的陽光。

魏湘涵對她的評價老實說很公道，但只要看過她打球，就算是我這種體育課自由時間永遠在樹蔭下的人，也移不開眼睛。

她的粉絲應該也不少，每次打出漂亮的球，尖叫聲總覺得特別大，就算打偏了，也有明顯失望的嘆息。

不知道是打完了還是中場休息，在連依雯又一記殺球後，場上的人通通下來，三三兩兩在旁邊喝水，換了新一批人上去。連依雯抓著保特瓶，站在裁判椅旁邊，旁邊圍著整群吱吱喳喳的隊員。

「走吧。」我對施安祈說，不等她應聲，便走上前。

排球隊的人沒注意到我們，還在吵吵鬧鬧，不知道是聽了誰的話，連依雯咯咯笑著，她的身形跟江之陵類似，不過穿著沒有腰身的運動服，看起來胖一點點。

「連依雯。」我開口瞬間，十幾隻眼睛同時瞥向我。

連依雯自己也看了過來，不同於旁邊被打擾的不悅，她的眼神是純粹的好奇，甚至接近親切。

「有些事要告訴妳，打完球方便過來二年五班一下嗎？」我用完全公事性的口吻迅速說完。

「有什麼事情現在就可以說了。」連依雯走向我，兩邊的隊員紛紛退開，但面面相覷。

「到旁邊吧。」我往教室的方向走，但背後響起吵鬧。

「什麼事情不能在這裡說嗎？」

「我們還要繼續練習欸！」

「怎麼不先說一下是什麼事？」

「依雯，不要跟她們走啦！」

「沒關係。」

我回頭時，見到連依雯對朋友們舉起一隻手。

「就在旁邊一點而已，大家看得到的地方，妳應該也不需要很久，對吧？」她轉身對我一笑。

「嗯，很快。」我回答完，見到施安祈緊抿著嘴，一臉憂心。

差不多二十公尺外，我停下腳步，面對連依雯。

「其實呢，我們在找歐明娟的女朋友。」

「欸？」連依雯睜大了眼睛，纖長的睫毛一眨一眨。

雖然知道施安祈緊盯著我，我故意不再說話，等著連依雯反應，過了一段明顯的停頓，她才開口：「我嚇到了，突然提起歐帥的事……我……」

她吸了幾下鼻子，眼眶便泛紅了。

「是妳嗎？」

「我……等等。」連依雯用手背揉了一下鼻子，「聽妳這樣說，妳能確定她有女朋友？」

「我在團購日本的髮帶，歐帥說要買一條送人，聽起來應該是女朋友。」

「所以……是因為頭髮囉？」連依雯用指頭夾著自己黑亮的髮尾，低頭問。

「也是因為感覺妳跟她特別要好。」

連依雯搖搖頭：「我不知道我們是不是特別要好？她也沒說過要送我髮帶。」

我聳肩：「大概是驚喜吧？歐帥已經付錢了，東西在我這裡也是困擾，如果那個人不是妳，妳還有想到什麼人選嗎？」

「我不知道。」連依雯再次搖頭，瞇起泛紅的眼睛，「她竟然東西買了，卻來不及……怎麼會……」

連依雯一手摀住雙眼，抽泣起來，施安祈慌忙看了我一眼，掙扎沒很久，便對連依雯伸出手，輕輕搭在她肩上。

「謝謝……」連依雯在啜泣間發出微弱的氣音。

「好啦，想不到就算了。」我想打住這個毫無建設性的場面。

但連依雯沒有要走的樣子，施安祈也只是輕撫她的肩頭，什麼話也沒說。

「對了，那天放學後，妳有見到歐帥嗎？」

「嗯？」連依雯抬頭，漂亮的眼睛上蓋了一層浮腫的眼皮，「妳是說她……那天是田徑隊練習日，但排球隊沒有練習，所以我也沒有見到她。」

「是嗎？」我盯著連依雯水霧朦朧的眼睛，「歐帥跟我說，她放學要去找那個人，跟我要髮帶，但我忘記從家裡拿來，所以還沒給她。」

「這樣喔。」連依雯眨著眼睛，「我那天放學去補習班影音補課。」

「哪一間補習班？」

連依雯沒有想像中抗拒，很平靜地回答：「金昇數學。」

「嗯。」我點頭。

「我該回去了。」連依雯回頭，瞇眼望向球場，「抱歉幫不上妳！」

「不會……」我話還沒說完，連依雯已經向排球場跑去。

我深呼吸之後，才轉頭面對施安祈，施安祈直直望著我，但沒說話。

「總是要確認她們的不在場證明嘛。」我忍不住先打破沉默。

「好啊，妳果然在懷疑我！」

突然出現的聲音把我嚇了一跳，倒是施安祈先反應過來，越過我的肩膀喊道：「之陵，妳怎麼來了？」

我轉身，對上江之陵怒氣沖沖的視線，她背著書包，大步走向我們。

「我下樓的時候看到妳們兩個站在球場邊鬼鬼祟祟，覺得準沒好事，就留在走廊上看，等妳們把連依雯弄哭了，才出來。」

「她是講起歐帥才哭的。」我第一時間只想到反駁這微不足道的小事。

「所以是她嗎？」江之陵在我們面前站定，兩手插腰。

「誰？」我茫然。

「歐明娟的女朋友啊！」江之陵惡狠狠地說。

「依雯說她不是。」施安祈小聲但平靜地回答。

「不是嗎……」江之陵好像瞬間洩了氣，聲音也軟下來，「我還以為，如果真有的話，也只能是她了。」

「為什麼是她？」我話一出口，江之陵又對我瞪眼睛。

「她那麼……畢竟她是『公主』啊，而且也是校隊，如果是她的話，任何人都會覺得跟歐帥很匹配。」

「這種事情，應該要看當事人的想法吧。」施安祈說。

江之陵看一眼施安祈，嗤了一聲：「像我們這種人，就算跟帥哥在一起，也只會被周圍的人指指點點，所以不用想了，電視劇還是看看就好。」

施安祈張著嘴，說不出話來，不知道是被說中或沒說中的意外。

「妳管人家指點什麼，又不會少一塊肉。」正確來說，應該是多一塊到口的肥肉。

「這是很現實的。」江之陵說得正經，沒什麼挖苦味，「當情侶不就是要一直在一起嗎？在一起的時候總是被人嘲笑，怎麼可能開心？」

「那是你自己心裡……」

「但是她如果其實……」

我和施安祈的聲音重疊在一起，我選擇先住嘴聽她說。

「……如果其實那個人很喜歡妳，為了這種原因擅自拒絕她，不覺得很可憐嗎？」

她一臉認真看著江之陵，換江之陵愣了一下。

「她如果喜歡妳，就不會買髮帶給別人了，反正我早就知道妳只是嫉妒而已，妳一定想找出那個髮帶的主人，然後報復她，對吧？告訴妳，我那天一放學就回家了，有種來我家問我阿嬤啊！」

隨著江之陵拉高的聲調，施安祈越縮越小，眉間也皺在一起，低頭不語，我看了覺得煩，就算她真的也喜歡歐帥，如果真的有女朋友和髮帶這回事，大概也只會眼巴巴地還人家，這樣一聲不吭，任江之陵鬼吼鬼叫，到底有什麼意思？

還是由我來阻止吧。

我向江之陵踏進一步，彎身貼近她的臉，雖然乾燥的毛孔出現在眼前，還是眨也不眨眼。

「哼，妳以為所有人的胃口都跟妳一樣嗎？又不是每個人見到妳們歐帥就發情。」

江之陵猛然退後一步，瞪向施安祈，但施安祈只有一臉茫然，江之陵又把視線轉回我，我對她冷笑，江之陵又退後一步，低聲咒罵：「不在乎就不要跟我問東問西。」

我翻了個白眼：「還有很多值得好奇的理由好嗎？」

江之陵一個轉身，話也不回，大步走開。

等她走遠，我才想起剛剛那句話，是不是也罵到施安祈？然而她還一臉憂心望著校門的方向。

「妳……」我想問，又想不到問法，只好半途轉彎，「……妳覺不覺得江之陵的主意不錯，我們該來查查她們兩個有沒有說謊。」

「知珩。」施安祈抬頭看我，「妳真的認為她們說謊嗎？」

我聳肩：「除非還有別的嫌疑者，不然總是得要有個人出現在那天傍晚的廁所吧？難不成我見鬼了？既然她們都否認，至少有其中一個說謊，妳覺得是誰？」

施安祈露出苦惱的樣子，然後說：「要說的話，我覺得依雯跟明娟比較親密。」

我冷哼一聲：「妳是說她的眼淚嗎？」

施安祈垂下臉，沒有講話。

「我會選江之陵，她這麼積極偷聽我們調查，可見很在乎這件事，八成有關係。」

另外還有我無法對施安祈說出口的理由，我能想像江之陵在廁所中伸出手，她有種迫切渴望什麼的姿態，但我無法想像連依雯做同樣的事，她似乎只是原地坐著，或微笑或垂淚，便會有人向她靠近。

「妳……是在生她的氣吧？」施安祈咕噥。

「我幹嘛生她的氣？」一股惡氣從我口中迸出，但施安祈似乎沒被嚇到，她看著我，欲言又止。

「不管怎樣，兩邊都要調查。」我強制結論，「明天是週末了，下星期一就要考試，我們各自找找有沒有認識的人跟連依雯同一間補習班，趁考前開放補課時間到現場看看，江之陵那邊就等考完試再說。」

施安祈點頭，不過反正我是不管了，轉身丟下一句：「我要回教室拿點東西，掰掰。」

上到二樓，我沒有繼續往上，前天我在二樓北側廁所第一個隔間——也就是拍到歐帥的那間——擺了針孔攝影機，但因為昨天施安祈跑來找我，忘了去回收，雖然應該不至於被發現，不過放久了沒電也是白搭，還是盡快拿回來。

我稍微注意一下沿路的九班、八班和七班教室，裡面都是空的，表示等一下進行的時候應該不會有人突然闖進廁所，但實際踏進去前，我還是在門口觀察了一下——很好，第一間到第五間的門都是微開，我快速閃進第一個隔間……

「知珩？」

心跳結結實實停了一下，我搭在門把上的手還沒拉開，放開轉身，見到施安祈站在廁所門口，衝著我微笑。

「我本來要上去五班找妳，不過到二樓就看到妳在廁所這邊。」

「喔……突然想上廁所……」我尷尬地牽動嘴角，硬擠出回應，前天我跟警察阿姨講的藉口是什麼來著？啊，本來要回家再上，突然改變主意對吧？我要繼續解釋嗎？還是等她質問？

「我只是想問妳，等一下要不要來我家吃蛋糕？」

「欸？」就這樣？沒有要問我為什麼出現在二樓嗎？

「那個……不方便就算了！」施安祈慌忙搖手，「只是想說，很謝謝妳為了明娟的事情這麼努力，我家就只有我和我爸，他通常過七點才會回家。」

「喔，好……」不是要追問我為什麼來這裡的話，什麼都好，我趕緊走出廁所，想盡快在對話中灌水，好把這個事實從施安祈腦中洗板掉。

「啊……謝謝！」她開心地笑了，像是興奮得跳上跳下的小狗。

「走吧。」我走到施安祈身側，「我是騎腳踏車，妳呢？」

「也是。」她小跑跳跟上我，「妳東西拿好了嗎？」

「什……喔，好了。」差點沒想起剛才我用什麼理由回到教室大樓，我觀察施安祈的側臉，她仍然帶著微笑，腳步也很輕快，頭上兩支小馬尾跟著晃動。

應該是真的什麼也沒想吧？我如此說服自己。

施安祈住在跟我家同一區，只差幾條街，這裡大多是沒有電梯的五層老公寓，我們爬上三樓，進門就是流理台，裡面是客廳，雖然天還沒黑，施安祈還是開了燈，有點昏黃的燈光更顯得屋子裡陰暗，雖然有個陽台，但開的不是落地窗，沒增加多少光線。

「妳先坐吧。」

施安祈把我領到沙發，自己把書包拿進房間，出來之後就直接往廚房；我在沙發坐下，一鬆懈下來，尿意就真的湧上。

「借一下廁所。」

「廁所在那邊。」施安祈匆匆一指，不過其實屋子格局就那樣，也沒辦法迷路到哪。

廁所很小，鋪的是老式磁磚，即使應該很乾淨，還是有種發霉的感覺，毛巾架上還掛著陰乾中的內衣褲，感覺溼氣更重，不過我習慣了，比起充滿瓶瓶罐罐的我家，感覺整潔許多，我媽實在太熱衷於囤積廢物。

從廁所出來的時候，桌上已經出現兩盤切好的海綿蛋糕，看起來像是菜市場會賣的那種，除了麵粉、雞蛋和糖之外什麼都沒有。

「這麼快？」我在施安祈旁邊的空位坐下。

「是昨天做的啦。」她不好意思地淺笑，「雖然要考試了，但就覺得很煩、坐不住，乾脆起來做點東西，但我一個人也吃不完，就先冰著，因為只用家裡現成的材料，口味可能有點單調。」

我拿起叉子，切下一口，確實是很樸素的味道，像是雞蛋糕的感覺，我本來就不常吃蛋糕，倒也分不太出手藝，不過一抬頭就見到施安祈偷覷著我的表情。

「妳家常備蛋糕材料啊？感覺很厲害。」

「啊。」她別開頭，用叉子去叉自己的那一盤，「沒有啦，就是麵粉和雞蛋而已。」

社交結束，我繼續吃我的蛋糕，今天媽媽也是上晚班，不過就算她在家，晚點回家也不要緊，頂多是唸一唸死去哪裡了，倒是我從來沒有因為去同學家而晚歸過，之前通常是去逛漫畫店之類的。

「知珩，我是真的很謝謝妳。」旁邊的施安祈突然說，「明明妳只是個正好見到明娟最後一面的路人，但在段考前還願意為調查這件事花這麼多時間。」

我在這個事件的角色，說是路人也沒錯，但是個地位有點尷尬的路人，當然不可能對施安祈說清楚這些，只能慶幸她到目前為止完全沒有起疑。

雖然我沒有回應，施安祈還是繼續說：「當初聽到這個消息，我完全不相信這是她自己的選擇，怎麼可能？她明明就好好的，最多的煩惱也不過就是頭髮亂翹之類，連考試都沒有放在心上。」

這種時候一般是不是都該說些安慰的話？我不知道該說什麼，還好施安祈也沒有要我回應的樣子。

「後來我想了很久，她是不是有什麼我從不知道的困擾？為什麼我沒有發現呢？我怎麼會沒有發現呢？明明幾乎每天都見面、每天都傳訊息聊天，為什麼……」

她吸了一下鼻子。

「然後聽妳說，她有女朋友，而且在當天出事前見過面，我有瞬間想，果然不是她自己跳下去的，一定有什麼隱情，但是這樣就比較好嗎？到底是她自己選擇不要活著比較痛苦？還是明明就想要活下去卻不得不死去比較痛苦？」

說到這裡，施安祈終於還是發出哽咽，我靜靜吃著蛋糕，老實說完全不明白她的糾結，說到底，我還沒遇過哪個熟識的人死掉，外公在我還搞不清楚狀況的年紀就死了，爸爸那邊的親戚很久沒有聯絡，有誰過世了我也不會知道。

「對不起……本來是想請妳吃蛋糕的，又讓妳聽我說這些……」施安祈用顫抖的聲音說。

我感覺非得說些話了，於是開口：「沒差，本來就會難過……的吧？」

「嗯……謝謝。」她很小聲回答。

蛋糕快吃完了，我考慮該不該走人，氣氛上好像不大對，雖然我也不是多麼重視這種事的人。

「妳覺得，那兩個人真的喜歡歐明娟嗎？」

「嗯？」施安祈抬頭，她小小的眼眶是紅的，但眼神已經被我的問題攫住。

「我是說，認真想要跟她交往之類的。」自己說起來都覺得蠢，交往不都嘛開始的時候很認真，到頭來也就那樣了。

「妳是說，把她當作明星那樣崇拜，還是真心喜歡她嗎？」

想不到施安祈竟然說得比我自己還清楚，我連忙點頭：「有可能是我的偏見，雖然我知道學校裡很多情侶，但歐帥的崇拜者那麼多，總不可能都是同性戀吧？」

「唔，這個我是不清楚……」施安祈含糊地說，「如果妳只是說之陵和依雯，之陵應該沒有想要跟明娟交往吧？」

「那只是她表面上的話，江之陵感覺上還挺執著的，如果歐帥給她機會，她應該不會放過。」講到這裡，我頓了一下，「可是，妳又說歐明娟從來沒有喜歡過女生。」

「是啊，雖然她對所有的朋友都很好，但那不是戀愛的態度，至少我知道的都不是，而且她是個非常隨和的人，去邀她的話幾乎不會拒絕，但也幾乎不會主動約人。」

「對妳也是這樣嗎？」我鼓起勇氣問出口。

「對啊，她就是這樣的個性。」施安祈很肯定地點頭，樣子很坦然，臉上找不出其他情緒。

「不過，只有妳這樣追究她的事情……」雖然那天在警局裡撞見只是巧合，隔天馬上來找不認識的同學詢問，施安祈的行動也積極得不尋常。

「追究這件事的，還有妳啊。」

出乎意料的回答讓我一愣，對上施安祈望過來的視線，不禁思考那雙浸過淚水依然澄淨的眼睛中，到底看到什麼樣的我？

「咳！」我假意清嗓，然後說，「就正好讓我看到了，沒辦法。」

我把叉子擺在空盤中央，然後起身，背起書包。

「我該回去了，謝謝妳的蛋糕。」

「嗯！」施安祈也起身送我，不過我沒讓她送下樓。

回家路上，我回想施安祈的神情，一個看樣子真的只把歐帥當普通朋友的人，竟然是在她死後最認真追究的人，越來越不懂喜歡這件事了。

說起來，作為一介路人的我，到底為什麼要追究歐明娟的死啊？一開始只是不希望有人因為我不說話而被誤會，結果害得自己被誤會，不得不努力澄清，搞到現在念書也沒心思念，還連續兩天都沒辦法回收針孔攝影機。

我是沒有很擔心針孔攝影機被拆走，但「色情擁抱」的點數已經快用光，我最喜歡的小Ｄ又出新片了，希望能趕快補充點數。

小D的本名當然不是小D，是個我不會唸的外國名字，所以我在心裡都叫他小D，他個子不高但體格健壯，有張讓一切都顯得很美好的笑臉，無論拍什麼片，他的表情看起來都非常享受，即使再無邏輯又冗長的劇情，我也願意看下去。

我不知道自己這一生有沒有機會體驗三次元性愛，但如果有的話，我希望對象會是像這樣的人。

做到一半對象跑掉這種事，怎麼想都讓人覺得很掃興，但我同時也很好奇，到底是怎麼讓對象做到一半想跑？即使她看起來……很有反應？如果是做起來很不爽我還能理解，不過話說回來，我也不知道實際上是什麼感覺就是了。

因為百思不得其解，我又複習起我的小D收藏，GV的世界真美好，人人都能高潮，沒有問題是來一發不能解決的，真的解決不了就來兩發，但現實中的性往往會製造更多問題，或本身就是問題，真搞不懂這個世界上的身體碰觸哪來這麼多毛？

偷窺也是，如果身體給任何人看都沒有關係，應該就沒有人想偷窺了吧？雖然這樣我就少了賺點數的方法。也許這種禁忌只是為了讓人能區別出「一般人」和「伴侶」，但我還是想不透為什麼要這樣區別，而且標準還會變來變去，可能現代社會裡都一起做愛了也不見得是伴侶，但在古代看到臉就得嫁了之類。

模糊的偷拍影片有時候還可以標價標得比素人露點影片高，如果我把歐帥的影片上傳，大概可以海削一波，不過我不會上傳有拍到臉的影片，畢竟這還是個被人看到身體就會造成麻煩的奇怪世界。

記得國中的時候，有個性愛攝影派對之類的新聞，流出的照片很快就被攝影師本人刪除了，但那時候班上同學都在吹噓自己有照片，甚至是影片檔，我沒有跟任何人要照片來看，不過還是上網搜尋了一下到底十幾個人是在幹什麼，結果發現不到一天的時間，照片裡面的六個女主角們通通被找出來了，為什麼只找女主角我也不太懂，總之似乎造成很大的麻煩，我想去看被找出來的帳號那時，已經都關閉看不到了，好像很有多陌生人去留言罵她們。

我實在搞不懂只不過是跟比較多人同時做愛，為什麼要被陌生人罵？雖然歐帥只跟一個人，而且我印象中滿十六歲做愛就沒什麼法律問題，但不管怎樣還是有些奇怪的人可能會做些奇怪的事，我可不想造成別人的麻煩，就算是根本不認識還已經死了的歐帥，也要顧慮可能被影響的家人，我還真是個好人啊。

而且，如果被施安祈知道的話，應該也會覺得難過吧？她那種奇怪的人。

施安祈傳訊息告訴我，她的國中同學跟連依雯同一間補習班，星期天可以帶我們去補課教室。

「妳們學校不是還沒考試嗎？還真悠哉欸。」

那個同學——施安祈叫她小蒨——相當輕佻地說，她有一頭俐落的短髮，穿著運動外套和牛仔短褲，在補習班大樓下跟我們會合。

順帶一提，我最討厭牛仔褲了，所以一年到頭都穿運動褲，而施安祈則毫不意外地穿著洗白的直筒牛仔長褲和淡粉色小花上衣。

金昇數學在七樓，小蒨向櫃臺的工讀生亮了亮上課證，工讀生看也沒看，我們三人便走向補課教室，小蒨刷卡之後，三個人快速走進玻璃門。

補課教室就跟學校的電腦教室一樣，每台電腦都附上一個大耳機，可能因為是星期天一大早，教室裡沒有學生，小蒨隨便打開一台電腦，用她的帳號登入系統。

「這裡有我們的上課的點名記錄，如果說沒有上到課，譬如說我這一次的出席記錄是空白，就要來這間教室看那一堂課的影音，看完之後，系統會自動在那堂課後面的空格出現補課時間。」

我們看著小蒨操作，系統非常陽春，完全沒有搞不懂的可能。

「有辦法看到別人的記錄嗎？」我問。

「為了讓家長可以看到自己家孩子的出席狀況，只要上補習班的官網就可以查到，不過這間教室的電腦都不能上網，所以妳得用自己的手機查。」

「欸，只要上網就可以了？」施安祈拿出手機，馬上搜尋起來。

「妳們是要查誰的記錄啊？」小蒨湊過去看，「啊，是那個連依雯！」

「妳認識她？」我趕緊問。

「當然啊。」小蒨大力點頭，「她不是妳們那個什麼……排球公主？」

還真的那麼有名啊？

「不過安祈不是說要找誰的女朋友嗎？」小蒨又說，「可是連依雯應該有女朋友吧？」

「欸？」我和施安祈同時驚叫。

小蒨還一副理所當然的樣子：「下課的時候，常常有個很高的女生在樓下等她，臉還滿漂亮的，我看她們的樣子，應該是情侶沒錯。」

施安祈還愣著，我拍拍她的肩膀。

「歐帥的照片，妳手機裡有吧？」

施安祈呆滯了一下，才匆忙點開手機相簿，找了一張照片給小蒨看，不料小蒨一看到就搖頭。

「不是這個人，這個很像T，但跟連依雯在一起的那個女生，雖然也是短髮，完全是女孩子的打扮，穿著也很時髦。」

我和施安祈面面相覷，想不到又出現新的人物，如果小蒨沒認錯，那天跟歐帥在一起的女生，就是江之陵了吧？

「那個女生有沒有穿過制服出現？」我問。

小蒨搖頭：「我是沒看過，連書包也沒背，搞不好不是高中生。」

「知珩。」施安祈低聲叫我，我低頭看她遞過來的手機畫面，那是連依雯的出席記錄，其中最近的一筆補課記錄，時間是三月十八日下午六點二十分。

看了好幾遍的偷拍畫面在我腦中又快轉一次，歐帥和不知名制服同學走進廁所隔間是六點十八分，而她獨自跑出廁所的時間是六點二十七分，六點二十分的時候，連依雯不可能同時在補習班點補課影音，又在廁所裡和歐帥這個那個。

「怎樣，妳們猜錯了嗎？」小蒨好奇地看著我們倆的臉色。

「也不算啦，因為我們本來就打算驗證是或不是而已。」施安祈回答。

「好吧。」小蒨聳肩，「既然妳們找到答案，那我要補課了，掰掰。」

小蒨在位子坐下，拿起耳機，我們也識相地離開。

「如何？」我在補習班大樓門口問施安祈。

施安祈搖頭：「我不明白，依雯有另外的女朋友，難道真的是之陵嗎？」

「說不定她劈腿？」我聳肩。

「但補課記錄的時間正好就是妳看到那個人跟明娟在一起的時候，所以依雯還是不可能就是那個人。」

「這倒是。」

我們在騎樓下呆站，我想像那個漂亮又時髦的神祕女友在這裡迎接連依雯，如果江之陵知道有這號人物，不曉得會作何感想？

「對了。」施安祈突然開口，「我後來有再問過田徑隊的人，之陵滿常去操場等明娟，但都是一整群四班的同學一起去，至於依雯，寒假的時候因為校隊整天都在學校裡訓練，常常大家一起去吃午餐，所以先練完的就會去等還沒練完的，但開學之後就沒什麼這種機會，頂多互相經過練習場地，稍微說幾句話。」

「歐帥也會經過排球場，跟連依雯聊天嗎？」

施安祈點頭：「會啊，我就是跟著她經過排球場時停下來，才會認得依雯，不過不只排球隊，她經過每個校隊都會被叫住，或是主動打招呼。」

「妳之前說過，她們是寒訓之後才比較熟？」

「對，寒假之前，我沒見過明娟特別跟依雯打招呼。」

意思是，她們變熟也才一個多月，認識歐帥更久、也更常在一起的江之陵反而不覺得自己可能成為歐帥的女朋友，到底是真心話，還是轉移嫌疑的謊言呢？

「我看，還是得想辦法調查江之陵那天的行蹤。」

「江之陵說她放學就直接回家了……」

我側眼看施安祈，她的個子太矮，低頭時只能看到頭髮，但可以想像得出她遲疑的表情。

「那天下午，一定有一個人跟歐明娟一起出現在二樓北側的廁所。」我刻意加重語氣，「不是連依雯，就是江之陵，一定有人說謊，既然我們已經證實連依雯那天下午在補習班，不管妳多麼不願意相信，就是江之陵了。」

「嗯。」施安祈悶悶地應聲。

她應該跟江之陵比較認識吧，私心希望不是她害了歐帥，也是情有可原，不過江之陵對施安祈好像就沒什麼情份，氣起來還是照樣羞辱。

「我們今天就先回家準備考試，接下來就等星期三考完再說，好嗎？」

「嗯。」這次，施安祈的聲音比較肯定，然後她抬起頭，「星期三，讓我來開口。」

她還是不放棄證明江之陵也清白嗎？我聳肩回答：「都可以。」

老實說，我不認為直接跟人家阿嬤問：「妳孫女三月十八號下午幾點回家？」能得到答案，我很好奇到時候施安祈必須說出什麼樣的謊言。

雖然樣子還是很沉重，施安祈似乎暫時滿意我的承諾，就這麼回家了。

說起來，我其實不知道江之陵住在哪裡，在四班唯一的情報來源就是魏湘涵，但我想不到什麼好理由問同學的地址。難道得用跟蹤的嗎？我和施安祈都是騎腳踏車上學，如果江之陵是搭校車或家長接送，就跟不上了，而且施安祈搞不好還會反對跟蹤。

雖然說了要唸書，我還是不斷在想這些事情。

星期一下午考的是國文，還算是我比較拿手的科目，半小時鐘剛打不久，我就把答案卷交出去，拎著走廊上的書包，往樓梯的方向走，靠在走廊圍牆上，翻開地理課本，從課本上緣偷瞄。接近結束鈴前，陸陸續續有人出來，走廊上充盈刻意壓低的窸窸窣窣，我的眼角瞥見江之陵走出四班，在牆邊整理書包，然後經過我面前，我刻意不動，等她的背影消失在樓梯下，才轉身趴在走廊牆上。

過了比想像中久一點，才看到江之陵走出校舍，她沒有轉進腳踏車棚、沒有走向聚集的校車，而是直接往校門走去。

到底是走路上學，還是家長接送呢？我決定明天直接到校門口等她。

段考日在教室裡逗留的同學比平時少，沒多久人就散了，我趁機往二樓北側的廁所。這次很順利就把針孔攝影機拆下，沒有再突然被叫住。我回家趕緊把影片存進電腦，並且把攝影機充好電，雖然隔天預計要跟蹤江之陵，大概也沒時間裝攝影機。

星期二下午的科目是物理，到可以交卷的時間我就放棄了，但匆匆把腳踏車牽出校門口，還是已經看到三三兩兩離校的同學。我騎著腳踏車到校門對街，等待江之陵出現。

在校門對面等人並不奇怪，卻是我從沒做過的事，原以為其他人都會黏在一起行動，坐在腳踏車上看著一個個離校的學生，才發現跟我一樣低頭走自己的同學也不少，反倒是常常跟我一起做報告的育湉和于儀，一前一後默默走著。

人潮最多的時候，有一坨穿著體育褲的同學走出校門，其中最顯眼的就是連依雯，所以我猜那是排球隊的組合，看起來所有人都在跟連依雯說話，連依雯對每個人都回以淡淡的笑容，但並沒有很熱衷的樣子。

我始終不能理解有些人就是會被其他人包圍，譬如歐帥，如果她跟連依雯走在一起，兩人身邊的「小」團體加起來恐怕連一起過校門都有問題，難道是跟這些人說話特別有趣嗎？但我無法想像她們的話題，其實我無法想像在現實中有朋友的人都過著什麼樣的生活，更別提會談戀愛的人、會在廁所做愛的人，在想些什麼。

施安祈在現實生活中有朋友，她是會談戀愛的人嗎？

思考逸飛的時候，正好見到施安祈牽著腳踏車，和一個我沒見過的同學一起走出來，兩人還很熱烈地討論著什麼我聽不見的話題，這讓我有點意外，也許認識她的時機不對，施安祈在我腦中總是那個低著頭，要哭出來的樣子，但她當然不會只有歐帥一個朋友，用頭髮想也猜得到。

出校門後，施安祈跨上腳踏車，跟朋友道別後離開，騎的也是我平時回家的方向，而這時，我看到江之陵走出來。

江之陵不是一個人，她們四個女孩子走在一起，氣氛有點沉重，不知道這些人是不是在歐帥班上包圍她的朋友？但也許就只是單純考砸了，畢竟沒有朋友的我很難想像一般人會為同班同學難過多久。

我怕被江之陵發現，裝作東張西望，不斷用眼角餘光追著她們的行動，她們出校門後並沒有分開，我等她們彎過牆角，才催下腳踏車踏板，衝刺跟上。

配合走路速度跟蹤就太刻意了，所以我騎超過她們，故意停在路口的左轉區等她們過來，然後見她們走往反方向，又在綠燈後迴轉追過去。這樣操作了幾次，我才發現自己大錯特錯，因為她們一起走進一間平價咖啡廳。

對喔，現實中有朋友的人，是會在段考中一起出去讀書的。

我的腳踏車停在咖啡廳的落地窗外，難得覺得自己像個白癡，好像被自己一直以來漠視、甚至有點瞧不起的人生打了一巴掌。

算了，明天就看施安祈打算怎麼做吧。

回到家後，我還是覺得有點不爽，明天只剩下生物和公民，實在沒有動力翻開書，決定先來檢查前幾天的廁所錄影。

當初網購的商品頁面，攝影機規格號稱可以續航十五小時，實際拍攝起來確實從一早到傍晚沒問題，這次一口氣擺了六天，不過看影片的長度，應該也是錄到上星期三晚上而已。

我快轉看過這次拍到的人數，到放學為止一共十七人，放學之後影片開始空轉，我伸手要關掉影片，卻在這時出現一個人影。

心跳震了一下，我趕緊把滑鼠移向暫停，然後回播。

直覺沒有錯，這人長髮過肩，身形接近事發當天的制服同學，但穿的是汗溼的白色體運服，隱隱透出純白色的內衣痕跡。

她的行為很奇妙，一般人進廁所關門後，就是脫褲子、蹲馬桶，她卻低頭看垃圾桶，搖了幾下，似乎不太滿意，抬頭的時候，側臉經過攝影機正前方，我剎時止住呼吸。

這張臉毫無疑問便是我所認識的連依雯。

我趕緊把歐帥的影片重看一次，當初看到歐帥跑出廁所，就沒再認真看，現在仔細看留下來的制服同學，在離開廁所隔間前，她撕了一張衛生紙擦手，然後丟進垃圾桶，我不死心，重播兩次，終於看到擦手同時，似乎有什麼小東西掉下來。

是戒指嗎？我不記得前幾天跟連依雯見面時，她手上有沒有戒指，假使她找的就是當時掉進垃圾桶的東西，應該早就在學校垃圾場了，我不懂她為什麼隔兩天才回去找。

這樣說來，連依雯才是跟歐帥在一起的制服同學嗎？我試圖在腦中重組連依雯接近歐帥的畫面，感受到協調性的衝擊，排球隊的公主與校園王子，即使如同江之陵所說，在許多人心目中很「登對」，大家想像中的情景應該也是王子單膝跪在公主前，贏得她的青睞。

不管怎麼說，我錄到連依雯回那間廁所是事實，這段影片不是什麼決定性的證據，還是讓她在我心中可疑度大增，不過我更頭痛的是，該怎麼跟施安祈說呢？如果我堅持要重新調查金昇數學的補課記錄有沒有造假，也得給施安祈一個理由。

還有連依雯的神祕女友，也得先確認到底有沒有這號人物。

星期三，我在分心中考完試，鐘響交卷後沒多久，就看到施安祈發訊息過來，我猶豫了一下，還是點開。

『我帶了蛋糕，要一起去找之陵嗎？』

這是要直球對決的意思嗎？會不會嚇到人家阿嬤啊？在連依雯嫌疑度大增的情況下，我實在不想貿然驚動江之陵的家人。

我邊看著手機邊走出教室，來到樓梯前，正好見到施安祈走上來，這下子沒有藉口，只能跟她一起回到四班門口。

「知珩，這次會讓我來說吧？」站在門口往教室裡望時，施安祈說。

「嗯，知道。」我點頭，「不過……妳有什麼打算？」

施安祈搖頭，她正要開口解釋，江之陵突然走出來。

「妳們還真的來了。」

施安祈連忙往門邊一讓，江之陵大步跨出教室，但她沒有立刻轉彎下樓，反倒回頭看我們。

「怎麼？已經調查過排球公主了嗎？」江之陵細長上挑的眼睛直衝著我來。

「嗯。」施安祈點頭，「她那天下午去補習班了。」

「所以妳們就來懷疑我了吧？」江之陵一陣搶白。

「這……就是因為不希望懷疑妳，所以才要證實。」雖然縮了一下，施安祈還是沒有吞吐。

「怎樣？所以要來我家嗎？」江之陵一攤手，說不出到底是不是真的邀請。

施安祈彎下腰：「那就麻煩……」

我想，還是得阻止才好。

「不過，我其實還是更懷疑連依雯。」

「欸？我們不是已經確定依雯當時不可能出現在廁所？」施安祈一臉茫然，江之陵同樣投來疑惑的眼光，我看看江之陵，又看看施安祈，決定儘快結束這個混亂的場面。

「我現在相信妳的直覺了，連依雯比較可能是歐明娟的女朋友。」

「什麼直覺？妳們調查到了什麼？」江之陵首先反應，「廁所是怎麼回事？當時又是哪時？」

「而且，連依雯不是有別的女朋友嗎？」施安祈也小聲說。

「欸？」江之陵愣了一下，看來她內心確實認為連依雯只可能跟歐帥交往。

「怎樣？妳跟她很熟，知道她有沒有女朋友嗎？」我趁機問。

「不是這樣啦！妳到底從哪裡聽來的？有這種事情應該會大家都知道吧？」

「是她的補習班同學告訴我們的。」施安祈解釋，「據說是一個短髮、長相漂亮、從不穿制服的女生。」

「短髮、不穿制服……啊，該不會是排球隊的學姊？」江之陵突然說，「連依雯剛進高中沒多久，就跟排球隊三年級的學姊交往，但學姊畢業之後不久，好像就分手了，她們當時很大方公開，所以我才覺得連依雯如果正在跟誰交往，應該不會隱藏。」

這樣說起來，小蒨並沒有提到她在什麼時候見到來接連依雯的人，假使已經是上學期初的事，也可能是在連依雯和學姊分手前。

「安祈，我們可能要跟妳同學確認一下，她最後一次見到那個人是什麼時候。」

「等一下。」江之陵大聲打斷，「妳還沒回答我剛剛的問題，廁所是什麼意思？」

至少得先把江之陵支開，要怎麼搪塞施安祈再說。

「這個不能跟妳講，除非妳也要一起調查。」我說。

「哼，一起就一起，妳以為自己是警察嗎？」江之陵插著手，沒有要走的意思。

「要一起調查就拿情報來。」我說，「連依雯跟學姊的事情，一定是有人告訴妳的吧？妳去問她們的交往時間，我再告訴妳其他細節。」

「不就是一條髮帶嗎？為什麼還要調查人家前女友？」

雖然發出質問，我從江之陵的表情上讀到越陷越深的好奇，於是聳肩：「之後妳就會知道了。」

江之陵又冷哼一聲退到旁邊拿出手機。

施安祈這時才挨近我，低聲問：「要不要乾脆把事情跟之陵說清楚？她應該也會關心明娟當時到底發生了什麼事，如果妳真的認為跟明娟在一起的人就是依雯，應該可以相信之陵吧？」

我沒想到施安祈並不追問我為什麼突然堅持連依雯的嫌疑，不過反正這樣最好。

「雖然我現在比較懷疑連依雯，不代表江之陵就完全沒有嫌疑，但如果這些資訊能換到學姊的情報，我覺得告訴她也沒關係。」

施安祈嘆了一口氣：「知珩，妳不覺得累嗎？」

「什麼？」

但我來不及聽到施安祈的答案，因為江之陵已經收起手機走回來。

「問到了，連依雯和學姊——名字叫蔣懿馨——是從前年十月開始交往，去年十二月左右分手。」

我轉頭看施安祈，施安祈點點頭，拿起手機，有點笨拙地打字。
「換妳說了吧。」江之陵盯著我。
我吸一口氣，且戰且走：「其實，我們之所以要找歐帥的女朋友，不是因為髮帶。」
我聽見江之陵小聲咕噥「果然」，但不理會她。
「歐帥死的那一天下午，我看到她跟一個女生進去廁所隔間。」
我看著江之陵的細長的眼睛迅速睜大，知道她明白我在說什麼。
「難怪……妳們把我當嫌犯似的，告訴妳，這世界上我討厭的人多得是，希望她乾脆死掉的也不少，但妳絕對是排在歐帥前面的。」
我忍不住淺笑：「這我知道。」
「那個……」施安祈怯生生打斷，只差沒舉起手，「小蒨說看到那個女生去補習班接依雯是上學期的事。」
我點頭，見到江之陵露出意外失落的表情，彷彿怕被什麼發現般低聲說：「所以就是排球公主嗎？情殺之類的。」
這次我搖頭。
「但她說那時候人在補習班補課。」
江之陵又變得疑惑：「既然這樣，妳不懷疑我嗎？是因為連依雯跟她比較登對？」
糟糕，還是讓她問到這裡來了，江之陵可沒有施安祈好應付。
「妳才跟我說一個情報，別以為我會告訴妳這麼多。」

「搞什麼神祕啊。」

說是這麼說，江之陵沒有死纏爛打，臭著一張臉走了。

我回頭見到施安祈無聲的詢問，於是說：「我們星期五放學後排球隊訓練時，去球場找連依雯吧。」

「好。」施安祈馬上點頭，「但是補課記錄的事……」

雖然我一點都不知道那個記錄到底是怎麼一回事，還是自信滿滿地回答：「到時候就會知道為什麼了。」

「嗯，那後天見。」施安祈幾乎可以說是充滿幹勁，然而她要起步前突然驚叫，「糟糕，要給之陵的蛋糕……」

我這時看到她手上提著一個塑膠便當盒，上面有粉紅色的兔子。

「她走了，應該走遠了。」

施安祈慌忙跑向走廊邊緣，整個人趴在欄杆往下望，腳尖都踮起來了，但想當然已經看不到江之陵的身影。

「反正我們沒有要去拜訪她阿嬤，也不需要伴手禮了。」我站在施安祈身後。

「可是……」

我不知道施安祈到底在可是什麼，我自己是一點都不會想給江之陵吃什麼蛋糕。

「還是妳要追……」

施安祈突然轉身，把便當袋塞到我手上。

「欸？這……」

「給妳吃。」施安祈抬頭看我的眼睛，我再一次覺得，她連神情都很像小狗，「這是想著要給人吃做出來的蛋糕，沒有被吃就太可惜了。」

「可是那個便當盒……」

「吃完再還我就好。」施安祈露出笑容，「啊，便當盒不用洗，直接蓋起來就可以。」

我不知道該說些什麼來推辭，甚至不知道為什麼要推辭，只能眼睜睜看著施安祈跟我說掰掰。

今天媽媽上早班，很早就回家了，所以我們在客廳一邊看電視一邊吃她買回來的晚飯，雖說開著新聞，我其實忙著傳訊息給小蒨，媽媽也同樣滑著手機不知道在忙什麼。

小蒨正在補習，所以回得還挺快，我用三杯飲料換到她的協助，真是敲詐，如果成功的話，應該要叫施安祈一起來付錢。

事情敲定之後，我等著小蒨的成果，媽媽早就吃完便當，進去洗澡，我把喋喋不休的電視關起來，坐在沙發上沒事，便想起粉紅兔子便當盒。

想著要做給江之陵（或許還有她阿嬤）的東西，吃了會不會拉肚子啊？但蓋子一打開，濃厚的雞蛋香還是一點都不打折扣，突然覺得今天沒有去找江之陵，對我來說各種意義上都是件好事。

如果我的猜測沒錯，有沒有機會用真相再換一個蛋糕呢？雖然小蒨那邊還沒有回覆結果，我心中卻有種一定會成功的感覺，應該說，不論誰開口了，她一定會開開心心地做出蛋糕吧？

不過等我們找到真相之後，也不需要一起吃蛋糕這種事了。

隔天放學，我一個人去二年七班找連依雯。

第一次看到她穿制服——如果連影片也算，或許不是第一次。她穿制服顯得比較苗條，而原本亮眼的活力一點也不少，我看她搓弄裙襬的手指，沒有任何飾品。

我跟她說到廁所談，她很爽快答應了，但不知道是她心虛還是我心虛，總覺得越接近歐帥死前進去的那間廁所，連依雯的腳步也凌亂起來。

等我們站在二樓北廁所第一間隔間的門口，我確信她看我的視線小心翼翼。

「妳說要給我看什麼？」她細聲問。

我把手機拿到她面前，點開準備好的影片，畫面中出現我們正前方的這間廁所隔間，還有一起進去的體育服和制服同學，兩人的身影很快糾纏在一起，直到歐明娟的臉出現在螢幕上。我聽得見連依雯越來越快的呼吸聲，在手機外而非手機裡。她在歐明娟奪門而出後抬頭，但我指著螢幕，示意她繼續看下去。短暫黑幕之後是我剪接過來、兩天後的畫面，連依雯再次進入這間廁所，翻找垃圾桶。

「妳丟的，是戒指嗎？」我在她耳邊低聲問。

「妳……偷拍！」連依雯抬頭瞪我，即使這個時候，她的臉依舊好看。

「對，我偷拍；但是妳，妳是不是把歐明娟從頂樓推下去？」

連依雯瞪著我，起伏的胸口不知道有什麼盤算，但我確信她不希望這段影片流傳出去。

「我說過了，那天下午我去金昇數學補課，補課都有電腦記錄的。」

「我知道，而且我還親自去補習班看過。」

連依雯露出一臉不可置信，但她講出這個謊言的目的，不就是為了要讓人去調查嗎？

「妳確實有一筆三月十八日下午六點二十分的記錄，但前提是，那筆記錄真的在那個時間點嗎？」

「怎麼不在那個時間點？」連依雯露出溫和的笑容，「妳該不會想說我駭進補習班的電腦系統吧？我可沒那麼厲害，況且那些電腦根本沒有連網，記錄都是事後才傳輸出來的。」

「就是沒有連網才讓妳有機可趁。」我用手機點出另外一段影片，那是昨天我請小蒨幫我拍的，「這是實測，只要改電腦的系統時間，記錄下來的補課時間也會是錯誤的，所以根本無法證明什麼，妳這樣大費周章隱藏自己那個時間點不在補習班的事實，究竟是為了什麼？」

連依雯的笑容消失了，我耐心等待她掙扎，最後她終於吐出顫抖的話：「妳只不過拍到我們……在一起的畫面，我們互相喜歡，這有什麼不對嗎？」

真的是她，是連依雯在那間廁所裡，把手伸進歐明娟的兩腿間，讓她在我的鏡頭前露出被撩動的樣子。

「如果妳們很相愛的話，她幹嘛逃走？」

「我……怎麼知道？」連依雯的聲音有一瞬間動搖，「她讓我一起進去，也讓我碰她，妳說她不喜歡我嗎？」

「所以妳們那天沒有吵架？」

「沒有！」連依雯毫不猶豫，「那天我們約好要一起吃飯，所以我在教室等她訓練完，見面的時候就跟平常一樣，離開學校前她說要先去上廁所，我會跟進去也是臨時起意，我根本不知道她為什麼會突然跑走，所以才像影片裡那樣，愣在廁所裡，等我出去的時候，已經找不到她了，誰知道她……」

連依雯抿起嘴，眼眶又紅了。

「妳說出來從廁所之後找不到歐帥，具體來說是怎麼回事？」

連依雯吸了一下鼻子，才繼續說：「上廁所前，我們把書包放在廁所門口，我出去的時候，她的書包已經不見了，我回七班找她，但沒看到人，後來又去了四班，打電話也沒接，然後看看時間已經超過六點半，就直接爬牆出去了。」

「妳沒有想過她可能上頂樓？」

「怎麼會想到？」連依雯泛紅的眼睛責怪似地看向我，「我從來沒看她去過頂樓，她平常午休沒事都是到田徑隊的倉庫打發時間，幹嘛去夏天曬得要死、冬天冷得要死的頂樓。」

我腦中一團混亂，連依雯的話聽起來毫無破綻，歐帥確實跟隊友說了因為有約要先走，如果是去七班教室找連依雯，最近的廁所也就是二樓北側，唯一不能理解的是，歐帥為什麼做到一半要跑走？原本以為她們吵架了，連依雯卻矢口否認，就算她不願意說出真相，好歹瞎掰一個理由吧？

我突然想起蔣懿馨，聽起來是個情人吵架的好理由。

「對了，那個學姊呢？妳被她知道還在跟學姊交往嗎？」

連依雯泛紅的眼睛再度瞪我：「我和懿馨姊早就分手了，是她自己一直要來找我，就算我完全不理她，她還是偷偷過來，都快被煩死了。」

我無法分辨連依雯的話有幾分真實，只好繼續問：「那妳跟歐帥是什麼時候開始交往？」

我以為她又會迅速回答，但她卻在這個問題遲疑了，似乎在心中斟酌一番，才模模糊糊開口：「我很早就認識她，但會熟起來是因為寒訓，因為寒訓的時候有一整個禮拜，所有校隊幾乎整天都會在學校，大家常常一起吃飯什麼的。」

這跟施安祈告訴我的時間點吻合，於是我點頭。

「寒訓之後，田徑隊去參加中小聯運，我也有去幫她加油，之後我們有時候會單獨出去，應該……算是約會。」

我想到施安祈的話，歐明娟是個非常隨和的人，去邀她的話幾乎不會拒絕。

「她有主動約過妳嗎？」

有個瞬間，連依雯的眼神變得非常可怕。

「我比較喜歡逛街嘛！」她帶著笑意回答，「常常都是我想要看這個、看那個，訊息也聊了很多喔！但畢竟她其實沒有交過女朋友，有時候鈍鈍的，鈍鈍的也很可愛就是了。」

要說戀愛的事情，我也不想懂，但說到這麼狼狽，應該是實話吧？如果歐帥會掉下來的原因，跟我拍到的畫面一點關係也沒有，那我花這麼多時間到底是在做什麼呢？

「如果妳們就是這麼親密的關係，妳難道一點也想不出來她當時為什麼要突然跑走？」

連依雯安靜下來，這個片刻，我覺得她跟我一樣茫然，然後她望著我的眼睛，露出有些哀傷的淺笑：「我相信她有她的理由，只是當時來不及問出來的我，再也沒機會問了。」

說到這個份上，我也沒辦法再逼問下去，想要說點什麼打圓場，但突然想起髮帶的事，本來是打算隨便買個髮帶來搪塞，但施安祈不曉得會不會又自己跑來找連依雯坦白，如果反正會被戳破，要不要乾脆現在就自己說出來呢？

「好吧，那麼關於當初跟妳說歐帥買了髮帶要送人的事……」

「那個時候我只是不知道歐帥會不會想公開，所以才沒有承認。」連依雯急急打斷我。

「呃，其實我是騙妳的。」

連依雯瞬間呆愣，我心想著她會不會突然衝上來，看她殺球的勁道，被揍的話鐵定不得了，還是我現在拔腿就跑？可是我跑得過排球公主嗎？

「好奇心到這種程度嗎？」最後，連依雯只有喃喃這麼說，不得不說，她若有所失的表情確實會讓人有那麼一點點罪惡感，從她的角度來看，喜歡的人在死後突然出現對自己有好感的證據，既高興又難過了一陣子，發現一切都是騙局，應該滿一言難盡吧？不過我不是施安祈，罪惡感就只是稍微感慨的程度而已。

「我對妳們的關係其實沒什麼興趣，只是大家都以為歐帥被強暴，總不能我看到這件事卻一直瞞著不說，要是真的有誰被冤枉了，那就不好。」

連依雯沉默了一下，然後說：「不管妳現在怎麼想，我喜歡歐帥，是最不可能害她的人，我們一次也沒吵過架，她就算沒有送過我什麼禮物，我想要她做什麼，她一次也沒拒絕過。」

在廁所裡那次，後來不就拒絕了嗎？我雖然這麼想，卻沒有說出來。

「好了，我沒辦法再幫妳什麼。」連依雯說，然後她指著我的手機，「就算沒有髮帶這回事，那個可以給我嗎？」

「妳是說……影片？」

「嗯。」連依雯迅速點頭，「我知道妳一定有備份，也不求妳把備份刪掉，」

她說的也是沒錯，把柄還是在我手上，而且影片也看不出是我拍的，雖然搞不懂她幹嘛想留這種東西，傳給她也是無妨。

確定收到影片之後，連依雯不再多說，直接跟我告別。

結果還是沒有找到歐帥的死因，明天跟施安祈見面，要用什麼話騙她呢？還是乾脆不要去會面好了？啊不行，便當盒還沒還她。

昨天邊吃著蛋糕邊想連依雯的事，吃完隨手就把空便當盒放在水槽裡，雖然她說不用洗，我還不至於臉皮厚到直接拿去還，所以趁著想起來，趕緊把便當盒洗乾淨，中間被媽媽看到了，嫌我亂洗，我硬把她趕出廚房，她走之前還嘀嘀咕咕說我們家哪時候有這麼可愛的便當盒。

結果把施安祈的便當盒洗乾淨了，我還是沒打定主意怎麼跟她解釋。

第三章
犯行自白解禁

星期五，我和施安祈約好放學後在排球場見面，雖然現在已經沒有跟連依雯談話的必要，我還是得跟施安祈談談。

我在鐘響前五分鐘就開始整理書包，老師一宣布下課，就拎著洗乾淨的粉紅兔子便當盒，快步下樓。

到排球場的時候，還是已經有幾個換好體育服的隊員在做暖身，不過沒有連依雯，施安祈也還沒出現。我坐在場邊默默等待，加入暖身的隊員越來越多，但施安祈還是沒出現，她並不是會遲到的人，難道是老師晚下課？

穿著體育服的連依雯經過我身邊，我們對上視線，但她的表情淡漠，迅速走進球場。

施安祈再不出現的話，還是直接去七班找她好了，我站起身，一回頭就見到施安祈走過來。

「安祈！」我匆匆跑向她，「你們老師還真……」

說到一半，我就發現她的臉色不對，跑向她的腳步也跟著緩下來，她盯著我的眼睛，眉頭緊鎖，眼淚隨時都會落下來的感覺。

「施安祈？」我試探，然後就不敢再說下去。

「知珩……」她的聲音中帶著哽咽，「妳……早就知道明娟的女朋友是依雯了？」

我一時不知道怎麼接話，這件事明明沒有跟任何人講過，難道是連依雯主動跟施安祈說？可是為什麼？

「其實，我不覺得算是女朋友。」

「不管是不是，妳都偷看了她們……她們……」施安祈的淚水終於流下來，她垂下頭，只見頭上兩搓小狗耳朵隨著啜泣抖動。

我吸一口氣，還是得面對現實：「連依雯跟妳說了什麼？」

施安祈很努力平復呼吸，還好這裡已經離運動場有段距離，這個時間沒什麼路人，不然看起來超像我在欺負她，好不容易她抬起頭，帶著鼻音回答：「她給我看偷拍的影片，還有妳傳影片給她的對話框，妳真的……有偷拍嗎？」

竟然有這一手！本來想連依雯不可能把自己上鏡的偷拍影片給任何人看，想不到她會為了讓施安祈不信任我，做到這個程度。

不過施安祈對我怎麼想，又如何呢？只要不去告發我就好了，而這是我現在最應該擔心的事。

「妳認為呢？妳有什麼打算？」我反問。

施安祈看著我，仍然是泫然欲泣的表情：「我想聽妳說。」

我聳肩：「我說什麼又怎樣，如果我說正好在色情網站上發現這段影片，才下載來跟連依雯對質，妳就相信這不是我拍的嗎？」

「所以這是妳正好發現的？」施安祈突然湊上面前仰望，還帶著淚光的眼睛綻出希望的光芒，不習慣的距離壓得我連呼吸都不敢用力。

就這樣騙下去嗎？單純的施安祈說不定真的就此不會追究偷拍影片的事，只要我說什麼「因為看到她們一起走進廁所，賭賭運氣到色情網站搜尋有沒有被偷拍」，她搞不好會相信。

但是如果她不相信呢？

有時候比起原本所做的事，更讓人生氣的是受騙的感覺，即使維持最低限度人際關係的我，也明白這個道理。不過前提是，一開始的事情有沒有機會被原諒，施安祈連用髮帶唬騙調查對象都不能接受，更不可能原諒偷拍同學上廁所，所以我一開始就沒有選擇的餘地。

看著施安祈期待與不安的眼睛，這一個字好難說出口。

「嗯。」我發出含糊的喉音，接著猛然被抱入懷中。

「對不起，知珩，我不應該懷疑妳！」施安祈開始大聲啜泣。

好熱，可是好軟，想不起來是不是曾經被這樣擁抱過，如果有的話，應該也是在早就不記得的小時候。

「依雯……怎麼會這樣？明娟還喜歡她，我好難過……」施安祈在抽泣間斷斷續續說著，我空著的左手自然而然就落在她的背心，輕輕拍著。

我應該暫時安全了吧？

又哭了好一陣，施安祈才終於放開我，我們坐在校舍前的花圃邊，討論下一步。

「其實我覺得，連依雯和歐帥的關係沒有她自己說的那麼單純。」我把昨天連依雯的話盡量還原給施安祈聽，施安祈聽到一半就一臉茫然。

「照依雯自己說的，其實都是她主動找明娟玩，她們也沒有彼此說過喜歡對方之類，那為什麼會一起進去廁所？」

「影片裡面看來，她們進去的時候沒什麼拉扯，但因為沒有聲音，也不知道到底是怎麼回事。」

施安祈雙手撐著臉頰，凝眉思索。

「我自己的想法是，一開始進去的時候，歐帥應該是接受的，不過影片沒聲音，也沒照到連依雯的臉，或許在過程中她說了什麼，導致歐帥想喊停。」

「會是這樣嗎？」施安祈眉頭更深。

「不然也沒別的解釋了吧？一定有發生什麼，才會從可以變成不可以。」

「不是啦。」施安祈慌忙說明，「我只是到現在還是很難想像依雯跟明娟做這種事。」

我其實並非不認同。

「很難想像是連依雯主動出手，對吧？不過她有跟學姊交往過，對她來說，接近歐帥，之後走向戀愛關係，或許是很自然的事。」

「也不是這麼說，只是覺得明娟她不像是……」施安祈的聲音越來越小。

「她怎樣？妳覺得她不會跟沒有明確交往的對象做嗎？」

施安祈搖頭：「這我真的不知道，我們連戀愛相關的事情都沒聊過。」

「總之，雖然不知道發生了什麼，她們之間有爭執的可能性很高，或許連依雯在那之後追上去頂樓，吵架間造成墜樓。」

施安祈沒有說話，只是把臉越埋越低，那天她哽咽著說，不知道自己期望調查出什麼結果，如果連依雯殺了歐帥，就算是施安祈也會恨她吧？假使我現在說，歐帥應該是自己心煩意亂，跑到頂樓吹風，不小心掉下去，她會覺得好一點嗎？我贊同殺人犯應該受罰，但活著人怎樣才會比較好受，又是另一回事了。

至少，沒有讓施安祈相信我在廁所偷拍的事，她似乎感覺好一點，我沒來由地這麼想。

「對了。」施安祈突然直起身子，「妳是怎麼找到那個偷拍影片？那個人應該在我們學校，如果找到他的話，說不定有更多線索？」

不，沒有更多了，我拚命隱藏尷尬回答：「怎麼可能讓我們找到？她一定不會承認。」

「對喔。」施安祈咕噥，隨即抬頭看我，「可是我還是想試試看，真的找不到就算了，但不找的話，永遠不會心安。」

我看著施安祈的神情，想不到怎麼反駁。

從沒想過有一天，我會帶同學進自己房間，更沒想到這一天會是為了看A片。

「我先整理一下房間。」丟下這句話，我衝進房間裡，把門反鎖。

其實房間沒什麼好整理，我才不像媽媽那樣，會買一堆沒用的東西擋自己的路，但電腦是個大問題。

至今以來的偷拍影片，我都存在隱藏資料夾，這個沒問題，但我其實沒有上傳歐師和連依雯那段影片，就算現在趕緊上傳，時間也無法在我傳影片給連依雯之前，就算施安祈再天真，也不可能用話術騙得過。

我連上「色情擁抱」，登入我的帳號，查詢最近幾篇貼文，發現自己最後一次上傳影片竟然已經是十天前，歐明娟墜樓的隔天，我點入「私校優等生課間放尿」這一篇貼文，按下「編輯」，把原本的影片刪掉，重新上傳歐師與連依雯的影片。

對了，標題也得改，我沒有時間思考，隨便打上「意外直擊！女校廁所女女激戰」，然後就按下「送出」，後面的留言文不對題就算了，施安祈應該也不會仔細看。

接著我把帳號登出，改用訪客模式瀏覽，才開門叫施安祈進來。

施安祈一進門就東張西望，大概在想房間要多亂才讓我整理這麼久，我把電腦前的椅子拉開，示意她坐下，自己則坐在床緣。

「這個，我是在這個網站看到影片。」我動一下滑鼠，電腦螢幕亮起來，顯示出我預先準備好的貼文。

「還有中英對照欸！」施安祈眼睛掃過標題，但顯然是沒有讀進去，我本來以為她會播放影片，但她只是對我說，「我們找找他還有沒有貼別的文章。」

我應該沒有貼什麼不該貼的東西吧？不對，我貼的其實全部都是不該貼的東西，但除了上傳影片外，我一向不會多寫什麼無謂的話，所以應該不至於會暴露身分才對。

在我猶豫間，施安祈已經點下我的帳號，尋找這個帳號的所有貼文。

「唔，這個也是穿我們學校的制服。」施安祈一連點進幾篇貼文，隨意拉動影片的時間軸。

「這樣根本看不出是誰拍的吧？可以進廁所的人這麼多。」

「對啊，仔細想想，進出學校的除了師生，還有很多職員。」可能因為都是學校廁所拍人尿尿的畫面，施安祈看了兩、三篇貼文就失去興致，退回帳號的頁面。

「這是在去年夏天辦的帳號啊。」她瀏覽著帳號的公開資訊，「欸？這個會不會有線索？」

我還反應不過來，施安祈就點下「收藏貼文」的欄位，一年來的ＧＶ收藏，瞬間出現在她面前。

「咦？」施安祈愣了兩秒，然後按下播放。

叮叮，達成成就「跟朋友一起看Ａ片」，我腦中瞬間只剩下這個效果音，完全無法直視畫面，但男優們賣力演出的聲音還是長驅入耳，怎麼不趕快關掉呢？妳應該對這種東西沒興趣吧？不，就算有興趣，妳完全可以回家看啊！

「知珩……他們在做什麼啊？」

出現了！小孩子最難以回答的十萬個為什麼沒有之一，到底是我太具備常識還是她太天真，為什麼我得教一個同齡的高中生這種問題？

「還能在做什麼，這不就是色情網站嗎？」

「欸欸！真的嗎？」施安祈驚呼，隨即小聲說，「原來是要這樣做啊。」

我不知道她到底理解了什麼，不過反正她一臉明白的表情，就當作是這樣吧，我直接拿過滑鼠，把影片暫停。

「原來也有男生跟男生的影片，那是不是女生跟女生也會有呢？」施安祈的語調認真，我小心翼翼側眼窺看，她似乎相當誠懇地凝眉思索，我從沒特意去看過女同性戀的影片，不小心拍到連依雯那段畫面，老實說也是第一次，不過還是知道幾個關鍵字。

我在搜尋框輸入「lesbian」，色情擁抱馬上給我滿意的回覆。

「欸！真的有欸！」施安祈馬上點了進去，聚精會神地看，我自己也是有些好奇，便從她肩後跟著瞄了幾眼，雖然大概知道是怎麼做，不過實際看起來……怎麼說呢？演出很敬業？有這麼爽嗎？

我不知不覺靠近螢幕，不小心碰到施安祈的肩膀，她忽然彈了一下，轉頭同時，飛起的髮絲下露出發紅的耳根，我突然想笑，對她說：「看得這麼專心，忘了我在後面啊？」

「才沒有！是妳……」施安祈話說到一半，聲音就不見了，接著突然轉回電腦，直接把網頁關掉。

「不看了嗎？」我明知故問。

「不看了啦！」施安祈丟下滑鼠，往椅背一靠。

我打賭她今晚回家就會自己搜尋「色情擁抱」，可惜沒人跟我賭。

「欸，知珩。」還望著電腦桌面的施安祈叫我。

「嗯？」

「如果是喜歡的人，都會想做這些事吧？」

「欸？」我看不到施安祈的表情，只覺得空氣有點異樣，戰戰兢兢回答，「誰知道？有些人就算不是喜歡的人，也會想做吧？」

「是嗎？」

感覺得到一點點失落，雖然我對自己的感受力沒有信心，應該要安慰她嗎？然而在我猶豫之間，施安祈繼續說：「如果是妳的話，妳沒興趣的人喜歡妳，會高興還是討厭？」

她到底想問什麼？

「啊，那個人作為朋友是喜歡的，應該吧？」她又補充。

「這樣有點……奇怪。」我斟酌著用詞，「原本是朋友的人，卻發現他跟妳想的不一樣，第一時間可能很難接受。」
「也是呢。」
總覺得聲音是不是更失落了？
「不過呢，也許……也許還是會覺得有一點高興吧？如果真的是朋友的話。」
施安祈沒有動靜，我有點緊張，猶豫著要不要探看她的臉，但又覺得這樣的動作太刻意。
「喂，沒事的話，電腦給我用一下。」我伸手向滑鼠，趁機窺探，施安祈看起來正在認真思索，不知道有沒有聽見我的話？我打開通訊軟體，但其實除了沒營養的班級群組，也沒什麼新訊息。
「啊，抱歉。」施安祈突然回神，把電腦前的空間讓給我，「我剛剛只是在想，明娟會不會真的只把依雯當普通朋友，但是發現她其實喜歡自己之後……」
「再怎麼說也不會因為這樣就跟人上床……」不對，根本沒有床，「我是說，反正就是那個意思。」
施安祈嘆了一口氣，雖然沒有再回話，但明顯還在煩惱。
「不管為什麼，這都是她的決定，現在還想這個幹嘛？」
「不知不覺就……」施安祈自己把話題打住，「對了，妳們家幾點吃晚餐？」
「我媽今天上晚班，所以我一個人愛怎麼吃，就怎麼吃。」通常我放學回家就會先買點心，所以往往拖到很晚才吃晚餐，不過今天直接跟施安祈一起回家，其實有點餓了。
「這樣啊，不過我七點左右還是要回家吃飯。」施安祈說，「那麼現在要來做什麼呢？」

「現在啊……」因為剛考完試，沒什麼作業，平時我應該是要開始整理偷拍影片，當然這不能跟施安祈一起做……欸等等，她怎麼理所當然地留下來了？

我抬頭看施安祈，她一臉期待地回望著我，我這裡可沒什麼適合妳的活動啊！

「我餓了，先出去買點心好不好？」

終於成功把施安祈引出我的房間，我們去買了雞蛋糕和手搖綠茶，一邊交換彼此平常吃的點心，因為實在住得很近，我們常吃的東西都差不多，甚至對店家的評價也一樣，至今為止沒有在路上巧遇也是滿神奇，可能是因為我一放學就回家（除了取放針孔攝影機的時候），而施安祈還會參加手工藝社的緣故，原來她頭上的小蝴蝶結還是自己縫的，嗯，還好我從來沒有多說什麼。

回來之後當然是在客廳而不是房間吃東西，我們隨意聊一些瑣事，但都沒有再提起任何跟歐明娟相關的事，大概是一種「事情就這麼結束」的默契，追到這個程度，施安祈也認輸了吧？而對我來說，不要有任何人再想誰偷拍的事，當然是最好。

施安祈離開後，我又等到媽媽回來，吃了晚飯，才想起小兔便當盒還掛在廚房的門把上，這麼一來下星期去學校，又得去找她了，我有點期待她見到便當盒已經洗乾淨的表情。

星期六早上，我接到江之陵的電話。

前一晚好不容易瞞過施安祈，突然覺得很累，連新影片都懶得剪，看漫畫看到很晚，突然被手機鈴聲吵醒，說實在話有點不爽，但聽到江之陵的聲音，棘手的警覺讓我瞬間清醒。

江之陵說她問了很多人，好不容易魏湘涵從高一的班級通訊錄找到我的手機號碼，為的是要跟我交換情報，我想了一下，才記起當時因為不想節外生枝，在江之陵問我為什麼認定連依雯是歐帥的女友時，隨口搪塞要她拿情報來換。

江之陵說，她手中有學姊的情報，我很好奇連依雯對學姊的事到底誠實到什麼程度，可是如果必須跟江之陵說偷拍影片的事情，又會很麻煩，她鐵定沒有施安新這麼好騙，不過都在同一間學校，江之陵有的是機會來纏出她想知道的答案，或許還不如一勞永逸。

電話中無法多做考慮，我匆匆決定跟她約在車站附近的速食店見面。雖然我一放下手機就梳洗出門，到達約見地點時，還是已經看到江之陵在靠窗的位置吃薯條，她穿著藍白條紋T恤和水綠連帽短外套，下半身是白丹寧窄裙和帆布鞋，遠比她表情清爽的打扮。

她從落地窗後對我招手，我先點了漢堡套餐，才走到她的位置。

「哈囉。」她冷冷對我招呼。

「嗯。」我坐下來之後，先咬了一口漢堡，一邊思索該怎麼開始。

「誰先說？」江之陵已經放下薯條，直視著我。

「妳約我出來的，而且我好餓。」

她冷笑一聲，然後問：「妳對學姊認識多少？」

我聳肩：「完全不認識。」

「事到如今我也不意外了，真搞不懂妳這種毫不八卦的人為什麼要堅持追究歐帥的事。」碎唸完後，江之陵終於開始說，「蔣懿馨是排球隊的，妳有去看連依雯打球，應該知道她受歡迎的狀況吧？當初的蔣懿欣就是這麼受歡迎，不，或許更誇張。」

「像是歐帥那樣嗎？」

「呃……或許歐帥的仰慕者更多。」江之陵似乎掙扎著遣詞用句，「但有一那麼一點不同，歐帥很隨和，幾乎到處都有朋友，蔣懿馨性格比較冷淡，跟排球隊以外的人很少來往，但她是那種，會有人崇拜也會有人仰慕的類型。」

也就是有些人想要成為她的樣子，也有些人想要跟她在一起的意思吧？我想起之前跟施安祈討論過，把歐帥當偶像喜歡或是戀愛意義的喜歡，江之陵自己說歐帥是屬於仰慕者多的類型……我開始有點好奇當初疑問的答案。

「妳以前就知道蔣懿馨嗎？」

江之陵點頭。

「開學不久就有三年級的班際排球賽，我們去幫學姊班加油的時候就聽說過她。」難怪，我從來不會參加那種活動。

「那……妳也覺得她很帥？」

江之陵嗤之以鼻：「我不喜歡女生好嗎？她是亮麗帥氣型的，但還是女生。」

這倒是和小蒨的描述差不多，我更加好奇江之陵對歐帥的評論，不過還是先不要轉移話題。

「連依雯就兩種都喜歡呢。」

「學姊和歐帥，確實都是學校裡最受歡迎的人物，更確切來說，原本學姊是學校裡最受歡迎的對象，她畢業之後，就變成歐帥了，所以兩個都喜歡的人應該也不少。」江之陵難得敦厚地評論。

「那麼那個連依雯，就是連續跟兩個王子……」我說到一半就想到，連依雯跟歐帥的關係，沒有像跟學姊那麼簡單易懂。

「確實可以這麼說。」江之陵點頭，「三年級的班際排球賽剛結束不久，就聽說蔣懿馨跟學妹在一起了，排球隊以外的人應該都是那時候才第一次聽說連依雯吧？畢竟才剛進校隊不久，還沒什麼表現。」

我回想那天在排球場邊看到的情景，很難想像連依雯曾經默默無名的樣子。

「對連依雯來說，就有點像是被王子看上的灰姑娘？」

「是也還不至於啦。」江之陵臉上又出現那種斟酌用詞的複雜表情，「她其實人緣好，長得也漂亮，跟蔣懿馨在一起，就算有點快，大家也覺得很登對。」

「那她們分手的時候，大家會不會很意外？」

江之陵想了一下，然後回答：「我自己是覺得還好，畢竟有其中一方畢業了，雖然沒有去外縣市，還是會對感情有影響，其他人怎麼想我就不清楚。」

「連依雯跟我說，學姊在她們分手後還不斷回來找她，這件事妳有聽說嗎？」

江之陵看起來毫不意外：「原來妳已經知道了啊，蔣懿馨常常在排球隊練習的時候跑回來，起初應該真的只是關心學妹，但後來幾乎都是為了找連依雯。」

雖然學校有門禁管制，但畢業生只要換校友證就能自由進出，這是學校名義上鼓勵學姊妹情誼，實際上利用校友帶在校社團的省錢措施。

「所以，至少是排球隊的人，都知道她們之間的糾紛囉？」

「連依雯表面上當然還是很尊重學姊，蔣懿馨也不太會給排球隊難堪，但私底下應該是常常在練習結束離開學校之後吵架。」

「妳這是聽排球隊的人說的？」

「有認識排球隊的人的朋友。」江之陵回答完，馬上又補充，「消息來源是可靠的。」

身為用盡社交資源的甲級邊緣人，我也只能相信她。

「蔣懿馨到最近還是常常去排球隊找連依雯嗎？」

「我沒有特別問，但聽朋友的口氣，應該是現在進行式。」

我點頭：「那麼，她知不知道連依雯最近跟歐帥走得很近？」

「只是走得很近而已嗎？」江之陵的聲音陡然拔高，我差點忘了她有這項特技，「妳不是說她們在交往嗎？到底是怎麼回事？妳給我說清楚！」

我舉起手，要她稍安勿躁，她似乎也注意到周圍的人在看我們，硬是吞聲，但盯著我的視線還是很恐怖。

「妳先講完，我會把那天沒說的情報，一起告訴妳。」

江之陵的視線瞬間兇狠，但還是乖乖開口：「歐帥偶爾會經過排球場，至少我們跟她一起過去的時候，不像是特地去找連依雯，我不知道學姊會怎麼想。」

「聽說連依雯和歐帥有一起出去玩過，如果蔣懿馨在排球隊練習以外的時間也去堵連依雯呢？」

「這就在我情報的範圍外了。」江之陵很乾脆地說，「不過我想，學姊如果知道連依雯有其他喜歡的人，應該會抓狂吧？比起外向的連依雯，這段關係對她來說可能更特別也說不定？」

「是喔。」我不太能體會這種感受，「這樣說起來，當初是學姊在連依雯入隊後就去追她嗎？」

「誰追誰這我不知道，但連依雯應該滿主動親近學姊，三年級排球賽的時候，明明不是蔣懿馨的學妹班，還是以排球隊的名義場場報到加油，因為我的學姊班有跟蔣懿馨她們班比賽，所以有看到連依雯每次中場休息都去遞水、遞毛巾什麼的，不過當時我還不認識她就是了。」

「這樣子啊。」本來以為是蔣懿馨先追連依雯，才會這麼執著，真是搞不懂。

「喂，換妳說了吧？」

「喔。」面對盯著我的江之陵，我思索著該說出幾分真實，「妳已經知道我在放學後看見歐帥和連依雯一起走進廁所，對吧？」

「嗯，所以呢？」江之陵不耐煩地催促。

「其實，我後來又看到了別的。」停頓不是為了賣關子，而是下定決心前最後一次喘息，「我看到連依雯又回去找東西，而且她也承認了。」

這話把時間和細節都模糊，只匆匆丟出「本人認證」的震撼彈，顯然起了一點效果，江之陵愣了一下，隨即追問：「妳是說，連依雯已經承認自己曾經……曾經跟歐帥……」

「沒錯，歐帥死掉的那一天下午，她們就在一起。」這句話說出口有種莫名的暢快，最擔心被拆穿的事實已經用無庸置疑的真話掩蓋，接下來就什麼都不用怕了。

「我不懂，妳剛剛說她們只是走得很近，現在又說她們在一起……啊！」江之陵似乎領略了什麼，雖然我完全不懂。

「這些是連依雯自己說的，她好像覺得歐帥喜歡她，但事實上歐帥也沒有真的這麼說過，我其實感覺連依雯有點一相情願，所以她們到底為什麼會一起進廁所，我也覺得很奇怪，而且當天後來歐帥突然從廁所跑走，連依雯也不知道為什麼。」

「是這樣嗎？」江之陵看起來有點茫然，「聽妳剛剛那麼說，我以為……我以為她們只是玩玩，但我現在又不懂了。」

我聳肩：「不懂就算了，我也沒有想要懂。」

江之陵端詳起我：「我以為妳是最好奇的那一個？從來沒在歐帥身邊看過妳，妳到底為什麼要追查跟她在一起的人？現在又說對她和連依雯的關係不感興趣？」

「我想知道的不是誰跟歐帥在一起，而是她為什麼死。」

江之陵不可置信地皺眉：「如果妳不喜歡她，更沒有必要花時間調查這種事，況且人都死了，怎麼死的很重要嗎？」

老實說，我也是這樣想的，但無法這麼回答，只好反問：「人都死了，生前跟誰在一起難道就很重要嗎？」

江之陵愣了一下，然後冷冷地苦笑一聲：「是沒錯，什麼都不重要了。」

我把薯條吃完，開始吃漢堡，江之陵的餐盤只剩下零落的薯條，她仍舊看著我。

「然後呢？問了這些，妳有什麼打算？」

我抬頭看她，她似乎是認真想知道。

「我還在想，連依雯堅持歐帥跑走之後，她沒有追上，也不知道後來發生了什麼。」

「但她還是很可疑。」江之陵馬上說，表情與其說懷疑，不如說是不安，「她是最後一個見到歐帥的人，又講什麼突然跑走之類讓人懷疑的話。」

「呃，其實我有看到歐帥跑走。」

江之陵頓時露出厭惡：「妳還在廁所門外等到她們出來？」

我聳肩，這個誤會就吞了吧，再說我實際上做的事情，應該會更讓她噁心。

江之陵沒有糾結太久，繼續說：「妳有問連依雯後來做了什麼嗎？」

「她說，她看時間太晚了，所以翻牆出去，之後我就不知道了。」聽江之陵這麼一說，我才想到，拆穿連依雯蹩腳的謊之後，我完全忘了進一步確認新的說法。

「妳真的想追查，就得問清楚這個部分。」

我看著一派認真的江之陵，突然也覺得好奇。

「那妳呢？妳也想知道嗎？」

江之陵沒有馬上回答，似乎思索了一下，才說：「說不好奇是騙人的。」

「妳很喜歡歐明娟。」我刻意停頓了一下，沒有被她反駁，「喜歡歐明娟的人很多，但只有施安祈一個人，急切地想知道真相。」

本來以為江之陵又會露出不屑，但她輕嘆一口氣：「那天妳很生氣，但我是真心這麼說，我或妳或施安祈都一樣，仰慕的距離才是最好的。」

「我哪天有生過氣？」反射性地反駁，但我其實想起自己曾經在江之陵嗆安祈後反嗆回去，被她耿耿於懷了嗎？

「沒有最好。」結果江之陵自己帶過這件事，「總之，追查兇手什麼的，我本來覺得自己沒有資格。」

「本來？」

「嗯，現在確實也……」江之陵突然別開視線，越講越小聲，「但既然妳都來找我了……我想我應該還是可以……想辦法知道些什麼。」

這應該是，還可以找她幫忙的意思吧？我開始思考接下來的打算，但想到施安祈拋下這些事情的樣子，又突然覺得，繼續追查真的好嗎？

「反正，我們有線索再互相通知吧。」最後我定下這個可重可輕的約定。

從速食店離開之後，我們在門口就直接分開，才打開腳踏車的大鎖，手機突然響起。

「葉同學，能不能請妳今天再來警局協助調查？」

接到這通電話，我腦中一片空白，講不出「好」以外的回答，距離我第一次去警察局已經過了快十天，這段期間我們調查出影片中另一個學生的身分，警察他們呢？為什麼還需要我？難道是連依雯？如果警察找到連依雯，她會不會像對付施安祈一樣，把我偷拍的事情說出來？警察可不會像施安祈這麼好騙，而且昨天施安祈回家後，我就把歐帥的影片換回正常的尿尿影片，沒辦法再用同一個藉口。

小房間裡，我面對上次的警察阿姨，她還是一模一樣的臭臉，照例確認身分和簽一堆名後，警察阿姨劈頭就問：「妳為什麼說謊？」

「說什麼謊？」我反問，最糟的狀況是指，明明是針孔攝影機拍到，卻說成親眼看見的謊。

警察阿姨似笑非笑：「妳根本不可能看見死者在那個時間和任何人一起去上廁所。」

我非常想問到底是不是連依雯說的，但在警察明確說出「偷拍」兩字前，還是不想認輸，況且也覺得警察不可能告訴我消息來源。

「我不懂妳的意思。」

「還裝！」警察阿姨拍桌，不過沒有多大力，有點演出的意味，「妳之前說過，事發當天，妳怎麼離開學校的？」

我怎麼離開學校？還好我愣不到一秒，就想起當初的謊言：「爬牆，因為時間太晚，大門關了，只好爬牆。」

有個瞬間，我覺得她真的笑了。

「如果妳爬牆出去了，這又是怎麼回事？」警察阿姨把一台筆電放到我面前，螢幕上是一段監視錄影器畫面，我認得出是我們的校門，而且清楚看見背著書包面向校門外的我，畫面角落的時間是三月十八日下午五點零四分。

怎麼會看到？果然被看到了！兩種想法在腦中盤旋，我不知道他們是一直懷疑我，還是調查的時候正好發現，但說謊是鐵錚錚的事情，要說自己又折回學校，同樣的影片也能攻破這個謊言。

該跟警察承認說謊嗎？但這樣該怎麼解釋我原本的說詞？難道真的得把偷拍的事情說出來？

「說話啊！妳到底是在包庇誰？為什麼要說謊？」

糟糕，警察真的不相信歐帥死前曾經跟一個女生在一起了，還是我把連依雯供出來，讓警察直接去調查她？不好，連依雯堅決否認就算了，最怕她在警察面前反將我一軍，把偷拍影片拿出來，如果在色情擁抱的貼文被發現，只要調查ＩＰ，就能知道是我上傳影片到色情擁抱。

如果順勢收回原本的供詞，警察又會追問我當初為什麼要這麼說，我腦中拼湊不出一個無傷大雅的謊，畢竟是特地跑來警察局也要講出口的話，實在無法裝作別無機心。

叮——

手機響了，我窺探警察阿姨的臉色，好像沒什麼變化，我悄悄把手機從百褶裙口袋摸出來，從桌面邊緣往下瞄，螢幕上跳出施安祈的訊息，我還來不及看清楚內容，又跳出一則。

『我在警局』

盡快打出這四字發送，希望她能識相點別再傳訊息，我收起手機，再次面對警察，警察阿姨還是用相同表情盯著我。

「我沒有包庇誰。」總之先避免牽連到別人，其他走一步算一步。

「還說沒有！」她啪地一聲闔上筆電，把我驚了一下，「不然妳為什麼要說謊？吃飽太閒？」

乾脆說自己就是吃飽太閒想看看警局，會不會比較好呢？我心中浮現這種自暴自棄的想法，但就算這麼說，警察就會相信嗎？

「快說啊！如果不是要包庇人，有什麼好猶豫的？」

還是……我就說是為了抹黑別人才說謊？不對，這樣的話我應該要明確說出看到誰，而不是說什麼看到穿制服的同學。

警察阿姨又嚷嚷了幾句，感覺是差不多的內容，我也沒認真聽，拚命想著根本不存在的理由，偏偏這時候肚子又餓了起來，我今天能回家嗎？媽媽今天上早班，等她回家看到我不在，大概也不會找我，但如果警察通知媽媽呢？跟她說我做偽證的話，她應該會嚇到吧？搞不好會跪在地上求警察趕快放我走之類，做一些根本多餘的事。

我還是趕快說個爛藉口，不然僵在這裡也不是辦法，真的讓媽媽跑來警局就完了。抬起頭，視線對上警察阿姨時，她便住嘴，眼睛也不眨地看著我，我深吸一口氣，正要開口時。

「馮媽！」

警察阿姨轉頭，一個比較年輕的男警察開門探進來。

「建哥找妳。」

「又來了，是想怎樣？」警察阿姨一邊碎唸一邊走出房間。

剩下我一個人，我拿起手機，剛才沒有再叮叮響，所以不管施安祈或其他人都沒有傳訊息來，雖然是我自己希望的狀況，這時卻有點失落，不過就算有什麼新訊息，也不可能正好對我現在有幫助就是了。

在小房間裡枯等了一陣子，反覆刷著沒有新訊息的手機，感覺好像過了很久，看看時間才剛過幾分鐘，雖然警察在的時候壓力很大，現在又希望她快點回來，就算不相信我，起碼讓這齣鬧劇有一點進展。

發個訊息給施安祈好了，我打開對話框逃避現實，要寫什麼呢？

『警察暫時走了，找我什麼事？』

訊息發出去，但遲遲沒有已讀，我知道不可能一直守著手機，但明明剛才是她先找我的，還是覺得有點怨嘆，我看著螢幕發愣，房門突然又打開。

是剛剛的年輕警察，他看起來溫和許多，要不是身處在這裡，感覺就是個普通大哥哥。

「妳先出來吧。」他溫聲說。

我背起書包，跟著年輕警察走出去，迴廊上一片昏暗，窗外幾乎已經沒有陽光，我們往大門的方向走，拐過一個彎，盡頭的光線中，突然見到剛剛的警察阿姨，旁邊跟著一個矮小身影，低著的頭頂上綁著兩搓很醜的小蝴蝶結。

施安祈？她怎麼又來這裡？

她們跟我錯身而過，我回頭用視線追上施安祈，但她低頭拚命跟上警察阿姨的腳步，絲毫沒有看向我。

「葉同學？」年輕警察停下腳步叫我，雖然依舊不慍不火，但我明白催促的意思。

我轉回頭，跟著年輕警察走出去。

「今天就先到這裡，但之後應該還會有需要葉同學協助的時候，到時候再請妳過來。」年輕警察在警察局的櫃臺前對我說。

我點頭，畢竟也沒有別的選擇，只是……我該問他施安祈為什麼會來這裡嗎？

「呃，快回家吧。」或許是看我杵著不動，年輕警察略顯尷尬。

「剛剛那個同學，她來做什麼？」

年輕警察果然一臉更加尷尬，搖頭說：「這個不能告訴妳？」

應該有些人會在這時候硬拏吧？但很可惜，我沒有修行這項技能，只能試探性地問：「她被懷疑了？」

年輕警察瞬間的表情讓我心覺不妙，他隨即板起臉，壓沉聲音說：「快走吧，警察局不是讓妳沒事逗留的地方。」

我死心走出大門，天色已經泛紫，路燈也亮了，我走出兩步，又回頭，夜色中的警局龐大而陰暗，連高懸在大門上的金色警徽都沒有光芒。

施安祈應該在我剛才的小房間吧？上一次我來警局的時候，她應該也是下一個進去的人，只是這一次，我已經認識她了，而且剛剛年輕警察瞬間狼狽的表情，我是不是該死地說中了？

無法想像警察是怎麼懷疑到她頭上，這傢伙應該是除了歐帥的爸媽以外，世界上最為她難過的人吧？到底在哪一個環節出錯了？

叮——

手機螢幕跳出媽媽的訊息提示，但我不想點開來看。

不知道能不能偷聽警察阿姨在問施安祈什麼？但那個房間是在建築內側，沒有向外的窗戶，當然不可能再走進去，一進門就會被窗口的值班人員攔下來。

等待的時間，怎麼還是這麼難熬？

手機滑到跳出低電量警示，中間有些人出出入入，每次開門我都趕緊抬頭，其中也有一兩個人注意到我的視線，但幸好沒人直接過來問我在幹嘛。

天邊最後一抹紫也消失的片刻，我終於見到她的身影。

「安祈！」

她在這個瞬間抬頭，腳步也頓了一下，但我小跑步過去，很快就來到她面前。

「妳怎麼……」施安祈仰望我，一臉錯愕。

「我才要問妳，為什麼會來這裡？妳有被懷疑嗎？」我急急忙忙問完，見她的臉色在錯愕過後，越來越沉，我也跟著越來越緊張。

「知珩，我把那個影片給警察了。」

果然嗎？不說出來，還是沒辦法脫身，但警察只要上網查影片來源，馬上就會發現我了，很快就又得回到這裡吧？

欸？

「妳……是妳拍的吧？」

我散逸的視線聚焦到施安祈身上，才發現她眼眶紅了，微啟的雙唇顫抖著，她終究還是又出現這個表情。

「我看到妳的訊息，想不通妳為什麼又來警局，擔心是依雯拿影片給警察，像是對我說過的那樣，跟警察說那是妳拍的，我趕快去找那個論壇貼文，萬一需要的時候，能證明她亂講，但是我卻找不到那篇貼文。後來才用發文者的帳號找到他的最後一篇文章，發現從標題到影片都變了，而且最後一次編輯時間，就在昨天晚上，我離開妳家之後。」

我不知道該說什麼，甚至不知道該做出什麼表情，只能呆呆地看著施安祈，她邊說邊開始輕吸鼻子，但還是堅持繼續說下去。

「於是我檢查文章編輯的歷史記錄，看到這篇貼文被編輯了兩次，第一次的時間點，正好就在我踏進妳的房間之前。」

施安祈淚光朦朧的雙眼對上我的視線，她深吸一口氣，然後說：「妳是為了讓我以為影片是從網路上下載，才把原本沒有上傳的影片，編輯到自己以前的文章吧？」

她等著我的回答，事到如今，我開始覺得累了。

「妳……覺得是什麼就是什麼吧。」

「妳怎麼可以……」施安祈終於哭出聲來，她用手背用力揉著眼睛，顫抖的鼻息從下面逸出。

「不過就是因為這樣，才會發現那天傍晚跟歐帥在一起的人，對妳來說，也算不上壞事吧？」

「哇啊！」施安祈突然哭得更大聲，我開始擔心局裡的警察會出來關切。

「好……好了啦，不要站在這裡。」我尷尬地伸出手，試著輕撫她的背，「我們去速食店坐一下，好不好？」

施安祈抓住我的手腕，輕輕拉開，放聲大哭也轉為淺啜，只是顫抖的肩膀看得出強忍的痕跡。

「為什麼……要做這種事？」

我嘆一口氣，用眼角瞄了一下四周，感覺沒有人在注意，才小聲回答：「妳大概不會懂，我喜歡看兩個男人做愛，那個網站有很多片子，但好的片子只有自己也上傳影片換點數，才能用點數看，我哪有什麼影片可以上傳，所以才想到用偷拍的。」

施安祈搖搖頭，我本來也不期待她理解，稱不上什麼失望，既然講完，也該走了。

「大家都喜歡看A片，可是做這種事……」她原本就小的聲音半途就隨著垂下的臉消失。

我有點意外她的態度，似乎對看gay片沒什麼感想，完全針對偷拍本身。

「只是拍尿尿的畫面，每個人都會尿尿，被看到有差嗎？況且她們根本不知道，我得到好處，看的人也得到好處，沒有人得到壞處。」

「可是……不管是什麼畫面，對一個人拍照錄影，本來就是要經過同意，在對方不知道的時候偷偷做，這樣……這樣……」

我到底為什麼要跟施安祈說這麼多？連假裝死掉的歐帥送髮帶這種白色謊言都不能接受的她，怎麼可能接受我？

「妳說的狀況是實際對人造成傷害吧？譬如趁人不注意弄壞別人東西，或是講人家壞話害他人緣不好，但尿尿的畫面被看到會有什麼傷害嗎？就算真的有人發現影片中的人，拿這種事取笑她，也是那個人不對，每個人都會尿尿，到底有什麼好丟臉的？」

「不是丟臉……」施安祈抬起臉，雖然她克制著鼻子啜泣、克制著嘴唇發抖，卻無法克制兩行淚水滑落臉頰，「妳明明知道她們會難過，妳明明知道……吧？」

我看著她又紅又濁的眼睛，讀不出究竟有沒有期待？說什麼難過，根本就是不會發生的事情，就算是喜歡女生的女孩子，誰會想看同性尿尿啊？就算上「色情擁抱」，也不可能點開這種貼文，怎麼會被發現。

「不知道的話，不管高興還是難過都不會有，難道這些永遠不知道也不會難過的人，比妳的好友被殺的真相還重要嗎？」

施安祈用手背擦掉淚水，出奇堅定地說：「如果用這種方法找出真相，她也不會開心。」

「她現在根本就沒辦法開心或不開心了。」我脫口而出。

施安祈又垂下臉，但從肩膀就看得出她拚了命忍住哭聲，這一次，我決定還是不要碰她，只是默默站在旁邊，過了好一陣子，她突然抬頭，對上我的視線。

「妳真的覺得這件事沒什麼好難過，那……妳怎麼不拍自己呢？」她的聲音細柔到彷彿能穿透我，浮腫的眼皮蓋不住疑問的真心。

「老是拍同一個人，誰要看？」我立刻回答。

施安祈輕聲說：「但是，妳沒拍過自己，對吧？」

這次，我沒有回答。

施安祈看著我，就只是看著。

最後我別開臉。

鈴——鈴——鈴——

電話響得正是時候，我心懷感激地接起。

「葉同學，這裡是市警局，抱歉這麼晚打擾妳，我們還有一些需要查證的事實，可以跟妳約方便的時間前來警局嗎？」

來了，我心裡一沉，抬頭見到施安祈並不怎麼意外的臉。

「我還在警局附近，現在就過去吧。」與其懸著這件事，倒不如該面對什麼就立刻去面對吧。警察似乎有點慌張，但在我的堅持下，還是讓我現在就過去。

放下手機，我再次看向施安祈。

「我得再進去一下。」

「嗯。」施安祈只是點頭。

我到底還期望什麼呢？大步踏過施安祈身邊，走向好不容易步出的建築，我終究忍不住在穿過大門時，很輕地嘆了一聲。

這一次，是個沒見過的男警察在我面前翻開筆電。畫面上出現熟悉的廁所，然後是雙雙走入的歐明娟和連依雯，在兩人碰觸的瞬間，警察按下「暫停」。

「看過這個影片吧？」他的聲音硬梆梆的，好像在唸劇本。

我想了一下，決定點頭，到這個地步了，沒有必要做這種掙扎。

「是誰給妳看的？」

欸？我慶幸自己半低著頭，而且警察個子挺高，應該看不到我瞬間驚訝的表情。會問這個問題，表示警察目前預設影片不是我拍的，應該是某個拍了影片的人給我看影片，也就是說，施安祈並沒有告訴警察，我在學校廁所放針孔攝影機，而且把偷拍影片上傳網路的事情。

她到底對警察說了什麼？

如果配合施安祈說的內容，雖然不期待警察永遠找不到是我幹的，但至少有機會得到一些緩衝時間來處理證據，我想施安祈不會說謊，應該只是隱藏部分事實，但隱藏到什麼程度呢？

「二年七班的連依雯。」

警察預設是「有誰給我看」，應該是他們心中有個人選，這個人選不會是施安祈，施安祈不可能說自己偷拍，如果她什麼都不說，警察應該會優先假設是我拍的，因為我說謊隱瞞影片的事，因此我想安祈一定有說出一個人，而不說謊的她，只可能說出連依雯給了她影片這個事實。

警察臉色不變，用同樣聲調問：「什麼時候給妳的？」

什麼時候呢？我在墜樓過後第二天就主動來警局說出線索，必須是在那之前，只是我想不出連依雯有什麼理由會在那時候把偷拍影片給我看，我裝作想了一下，然後回答：「忘記是哪一天了，有點久以前。」

「妳還記得自己是哪一天過來警察局說要提供情報嗎？」

果然被問了，我繼續裝作回憶困難，等了一下才回答：「應該不是事情發生當天，但也是過後不久。」

「妳是看到影片後馬上過來嗎？」

這個不能猶豫太久，我坦承說：「猶豫了一陣子。」

「嗯。」警察點頭，這是他目前為止最明顯的反應了，「看到影片的時候，妳已經知道歐同學死亡的消息嗎？」

還是不能猶豫太久，我決定照實說：「知道。」

「從新聞知道的嗎？」

我搖頭：「聽同學們說的。」

「她為什麼傳給妳那個影片？」

「這個……她沒有傳影片給我。」差點就要說錯話，我心底怦怦跳著，如果順著警察的話講，到時候我可拿不出傳影片的訊息記錄，「是直接放影片給我看。」

「嗯，為什麼要放影片給妳看？連同學有提到影片的來源嗎？」

聽起來他應該不太介意影片怎麼看到的，但已經有點不耐煩了。

「我不知道來源。」雖說警察一定會懷疑是連依雯自己錄的，但跟我做偽證是兩回事。

警察寫了些什麼，然後又反覆問我有關看到偷拍影片的細節，但我一律推說忘記了，最後他們也只好讓我回家。

當然我完全沒有期待，走出警局的時候，我還是看了一眼路燈下，現在一個人也沒有。

第四章
6117次NTR

回到家的時候，媽媽在看電視，她盯著螢幕，唸我怎麼不回訊息，我直接走進房間，遠遠聽到她還在喊「吃過飯了沒？」

我倒上床，把臉埋進棉被裡，深深吸一口氣，隨著肺中空氣吐乾，重新開始思考。

警察那邊下一步應該就是調查連依雯，到時候她應該會把我供出來，可能還需要一點時間，但我得盡量把證據先處理掉，「色情擁抱」那邊的登入記錄沒辦法刪除，但至少警察和連依雯目前還不知道那邊有上傳影片，唯一知道的施安祈，我不知道她之後會不會說出這件事。

我把至今以來的影片都先存進隨身碟，跟針孔攝影機分別藏進胸罩水餃墊的位置，壓在衣櫃底層，找到更好的地方銷毀之前，就暫時這樣吧，搞不好風波過了，沒有被搜索到，還有機會拿出來用，畢竟攝影機也是挺貴的。

再來是施安祈那邊，明明就是靠偷拍的影像才追查到這裡，她還是因為線索是偷拍來的就不想利用，如果警察也堅守這種原則，很多案子都沒辦法破吧？既然事實已經發生，叫我以後不要再拍就算了，不好好利用線索，不是讓被拍這件事更沒有意義嗎？雖然我覺得讓我得到點數很有意義就是了。

我覺得連依雯跟歐帥的死一定有關，如果她們只是單純的情侶就罷了，偏偏兩人的想法似乎不一樣，很可能就會有衝突。

白天江之陵提到一個方向，從廁所離開後，連依雯到底做了什麼？接下來就往這個方向調查吧！

我的針孔攝影機，一定會指出歐明娟死亡的真相。

我從床上爬起來，反覆看了好幾遍當天的畫面，為了對準尿尿的畫面，鏡頭高度沒辦法拍到臉，要不是歐帥當時跌坐到地上，我也不會發現是她，但這也表示，我沒辦法從表情、嘴型判斷出她們進廁所時的狀態，同樣地，連依雯出廁所時到底是什麼心情，也完全看不出來，只是我注意到，她雖然在廁所裡楞了一下，還花時間擦手，推門而出的動作倒是滿急切。

或許她急著去找歐帥，連依雯自稱沒找到人，但如果她找到了呢？我腦中出現頂樓上，連依雯一步步逼近圍牆邊的歐明娟的畫面，可以想像得到她只有一個問題要問歐帥——為什麼要逃走？

如果下一幕就是歐帥被推下樓，我也想像出她的回答。

我不愛妳——我想歐明娟不會這麼直白，但連依雯會聽到這個答案，被拒絕的排球公主必須維持被愛的想像，只好排除破壞想像的人。

問題在於，要怎麼證明？連依雯自稱爬牆出去之後，就直接回家，爬牆無法證明，但回家可以，前提是我得先知道她住在哪裡，我在七班一個認識的人也沒有，更不知道連依雯一年級在哪一班，沒有像江之陵那樣可以問到通訊錄的人脈。

對了，就是江之陵！

我立刻傳簡訊給她，請她幫忙查出連依雯的住址，簡訊才發出去，我就接到她的電話，劈哩啪啦追問了一番，我只得把自己的推測告訴她。

「有沒有搞錯？妳要直接問連依雯的家人，她那天有沒有準時回家？」

高八度的問句差點沒把我震聾，我遠遠向著手機吼：「說法還可以再修飾，總之得去問一問。」

「不管怎麼修飾，總之不要算我一份。」丟下這句話後十分鐘，江之陵用簡訊傳給我一個離學校不遠的地址。

我查網路上的實景地圖，看起來是住宅區裡面的一棟透天厝，規模不大，也許沒有警衛，但要進到圍牆裡不容易，也沒辦法確認出入的人是不是連依雯的家人。

總之還是先過去看看吧。

星期天一早，是舒適的陰天，我騎著腳踏車往學校過去，把腳踏車停在學校的車棚，然後慢慢走路到連依雯家。假日早上的住宅區路上沒什麼人，我很快就找到連家那一個社區，從門牌看來，同一個社區內總共有六戶，連依雯應該是住在左邊中間那一棟。

我沿著社區圍牆繞了一圈，一樓沒有任何對外的窗戶，沒辦法偷看連依雯的家人長什麼樣子，也許我應該弄個望遠鏡來，但附近都是住宅，也沒有讓我埋伏的制高點。

回到社區大門，我突然想到可以用電鈴惡作劇的方式，把連依雯的家人引出來，趕緊左右張望了一下，遠遠巷口有個坐在摩托車上、戴著安全帽的女生，一直向著我這邊看，不知道是不是在等人？我不敢在門口逗留，先往另一側巷口走過去。

抵達巷子另一側回頭望，那個摩托車女還在原地，我拿出手機，裝作在路邊接電話的樣子，一邊觀察她，她盯著社區的大門，架勢看起來比監視器還可靠。

快點騎走啊！我嘴巴上嗯嗯啊啊地裝作在聽電話，心裡不斷對摩托車女施以念力攻擊，然而一點效果也沒有，她甚至朝我這邊望了一眼，我差點把手機滑掉，但還好是穩住了，因為下一秒，摩托車女就拿出手機，不知道在按些什麼。

就是現在，我顧不得假裝掛電話，直接往社區大門跑過去，按下連依雯家的門鈴，然後立刻折回。

嘟——

奔跑中遠遠聽到對講機的聲音，我才意識到自己太天真了，這種社區怎麼可能沒有對講機呢？根本不需要直接出來應門，如果沒有個讓他們開門的好理由，別想接觸到連依雯的家人。

雖然如此，跑回巷口之後，我還是不死心地回頭看，社區大門果然還是緊閉著。

「喂，妳在幹嘛？」摩托車女突然高喊。

我立刻轉身，拔腿就跑，背後響起引擎聲，我拚了命地往大馬路衝，但引擎聲越來越近，然後我突然被揪住肩包背帶，背帶擦過我的臉，整個背包都被拉走，而我硬生生絆倒在地。

痛死了！我過了幾秒才勉強爬起來，見到摩托車的大燈在我臉前。

「妳是什麼人？跟蹤狂？」摩托車女翻開安全帽的擋風鏡，露出亮麗但冷峻的臉。

我回頭看一眼，剛剛已經跑過一個轉角，看不到連依雯家的門，但感覺並沒有人從那個方向過來。

「東張西望什麼？妳是高中生嗎？是依雯的同學？」

熟悉的名字讓我抬頭，再次端詳摩托車上的女子，她看起來比我大一點，穿著無袖雪紡衫和寬褲，唇色鮮紅，一雙長腿蹬著更顯修長的高跟涼鞋。

「妳又是誰？看起來不可能是同學，是姊姊嗎？還是……」

「哼，妳連她是獨生女都不知道，跑來家裡按電鈴做什麼？」

我心中的猜測越來越具體，大膽推論：「妳是懿馨學姊？」

摩托車女瞬間露出訝異的神情，她把安全帽拿下來，帽下正是小蒨口中很女孩子的短髮。

「妳到底是誰？我不記得以前在學校見過妳。」

好啊，這個跟蹤狂竟然說我是跟蹤狂！不過遇上她或許是個機會，學姊有可能會知道連依雯那一天後來的行動。

「我聽說妳跟依雯很親近。」我先用模稜兩可的說詞開場，蔣懿馨的臉色似乎有緩和一點，我才繼續說，「看妳在她家門口，好像在等人的樣子，又不像是高中生，才想說是不是學姊。」

「妳沒猜錯。」蔣懿馨回答，但她迅速又說，「妳自己又是誰？我沒見過依雯跟妳在一起，為什麼突然跑來她家，按了門鈴就跑？」

可惡，我果然看起來超可疑的嗎？

「我……只是想開個玩笑。」這話一出口，感覺學姊的表情更加警戒。

「開玩笑？可是妳根本連她的朋友都不是吧？怎麼可能一上來就開玩笑？」蔣懿馨一腳踢下機車側柱，另一條長腿從車墊跨下來，「給我說清楚，妳應該是想騙她出來吧？是被她拒絕了嗎？」

暨被跟蹤狂說是跟蹤狂後，又被恐怖情人說是恐怖情人了嗎？我努力克制自己的表情，盡可能溫和地回答：「我真的只是想開開玩笑而已，對她沒有那種興趣。」

蔣懿馨看起來完全沒有想相信我的意思，叩叩兩步向我走來，我本來就只有中等身高，這兩天跟施安祈行動多了，還以為自己個子不矮，但在穿了高跟鞋的學姊面前，感受到壓倒性的差距。

「別當別人都是笨蛋。」

等我反應到該退後的時候，已經太遲，蔣懿馨一把揪起我的領子。

「老實說，妳在騷擾依雯，對吧？」

學姊姣好的面孔貼近得可怕，而我連別開臉都不敢，只感覺到自己的呼吸越來越急促。

「不敢說話了嗎？」

領口又被重重扯了一下，雙腳幾乎踩不實地，偏偏到現在一個路人都沒有經過。

「學……姊。」我掙扎著低語。

「什麼？」蔣懿馨更加湊近細聽。

碰——

我搞不清自己到底把額頭撞上什麼，總之她是鬆手了，我踉蹌一下，重新腳踏實地，沒有頭暈的時間，拔腿就跑。

「喂，站住！」

這次遲了一點才聽見引擎聲，大馬路就在眼前，我不敢鬆懈，繼續用最快的速度，跑得越遠越好。

終於，我再也跑不動，扶著膝蓋在路邊喘氣。

太可怕了，完全無法溝通，差點以為我會被撞死，還是不要再冒著生命危險去找學姊問什麼線索，今天之內都先不要接近連依雯家好了。

好不容易能直起身子，我決定繞路回學校，原本不到十分鐘的路程，我硬生生繞了三十分鐘才回去，一路上天色越來越陰，好幾次我都覺得自己是不是已經噴到雨？終於看到學校圍牆時，我突然發現不對勁。

我的包包——剛剛被蔣懿馨扯下來，不只腳踏車大鎖的鑰匙，錢包、家裡鑰匙，甚至是手機，通通都在包包裡面。

這下我顧不得學姊，趕緊用跑的回到連依雯家那條巷子，這次感覺不到五分鐘就到了，然而柏油路面上空蕩蕩，什麼也沒有。

我愣在巷口，現在巷子裡一輛車也沒停，學姊的摩托車也不在了，根本沒有藏得下一個斜背包的空間，是被學姊順手帶走，還是丟在路上被路過的人撿走？無論如何，我都只能祈禱那個人大發慈悲，把背包拿到派出所，儘管我現在最不想見到的人就是警察。

學校附近最近的派出所在哪裡呢？雖然已經在這一帶出沒一年多，我的記憶中一點印象也沒有，話說回來，我的手機也在包包裡，就算被撿到派出所，警察也沒辦法聯絡我，想來想去，還是只能先回家。

現在到底幾點了呢？媽媽今天應該是上中班，十一點前就會出門，如果我能在那之前回到家……但經過剛剛兩段全速衝刺，我的腿感覺快斷了，要撐回家裡都覺得很痛苦，一點也跑不動。

一邊走著，天空開始飄雨，我努力加快腳步，但感覺速度一點都沒改變，雨絲慢慢變成雨點，等我轉進家附近的巷弄內，雨珠已經重重打在臉上。

最後一段衝刺到緊閉的紅漆鐵門前，頭頂上淅瀝嘩啦起來，我蹲下來往門縫底下探，但看不出媽媽的機車還在不在裡面，雨越來越大，我卻連一樓車庫都進不去，偏偏大門外沒有設屋簷，一滴雨也擋不住，沒多久我的T恤就黏在身上，還隱約感覺在往褲子裡滲水。

我往外探，這附近都是類似的老式公寓，一點擋雨的地方都沒有，繼續站在這裡等的話，或許有機會攔到中午出來覓食的其他住戶，但還是進不了家門，最多只能坐在髒死的樓梯上。

我猶豫要不要去附近的便利商店，雖然最近的便利商店座位很少，總是被幾個同樣的老人佔據，我現在也不太想坐下來確認我的內褲真的溼了。

在我猶豫間，雨勢一點都沒有變小，天空中厚厚的灰雲永遠下不完似的，然而在這雨中，巷口還是出現一個撐著大黑傘的人影，我見到時愣了一下，來不及決定要不要避開，就先被她認出來。

「知珩，妳站在那裡做什麼？」

撐著大傘的施安祈向我走來，我退也沒得退，只得看著她回答：「鑰匙掉了，所以在門口等。」

傘簷越過視線上方，我的頭頂突然雨停了，我低頭看眼前貼近的施安祈，她高舉著大傘配合我的身高。

「妳媽媽不在？」

「看來是不在。」

我才回答，突然被揪住手腕，硬拉著走。

「怎……怎麼了嗎？」

「躲雨。」施安祈說完這兩字，不由分說就拉著我前進，一前一後的彆扭姿勢迫使我得跟上腳步來避免手折斷，雖然看得出施安祈極力把傘朝我的方向偏，天生的身高差使得傘面一直頂在我頭上，遮住我的視線，而她掛在手臂上的便當不斷在搖晃中打到我胸前。

儘管如此，憑著方向，我也意識到我們正逐漸接近施安祈家。

施安祈在我意料中的地方停下來，她鬆開我的手，拿鑰匙開門，我又再一次來到施安祈家中。踏進施家那一戶，安祈放下便當就往裡頭走，我站在玄關，不知道該如何是好。雖然被施安祈的傘遮著過來，原本就溼透的我還是處於會滴水的狀態，這樣踏進別人家，好像不太好。

這時施安祈走了回來，手裡拿著一疊浴巾，我伸手要向她拿，但她沒有給我。

「過來。」

我跟著施安祈走向浴室，她幫我開了燈，把那一疊浴巾擺在架子上。

「等下把衣服給我。」

我還搞不懂她的意思，她就把我一個人丟在浴室，我拿了她留下的浴巾，才發現下面還有一套乾淨的衣服。

這是叫我換衣服的意思吧？我有點擔心自己穿不穿得下施安祈的衣服，但總之還是先把溼透的衣服換下來，還好她拿來的是一件寬鬆的長版T恤和鬆緊帶長裙——她穿起來應該會是長裙，我套上去後大概剛蓋過膝蓋。

穿上乾衣服之後，我才有心情把剛才胡亂用浴巾擦過的頭髮慢慢用手指梳理整齊，一邊思考等一下出去該怎麼面對施安祈。沒想到她會讓我來家裡躲雨，還借我衣服換，我以為她還在氣偷拍的事情，不過剛剛那一路的氣氛……她果然還是在生氣吧？

我不太想說出目前調查的進度，我相信維持這個方向一定能找出些什麼，但不想在毫無進度的時候就跟施安祈說，但不說的話，要怎麼解釋我把包包給弄丟了？我可以隨便謅出一套說詞，但說這個謊好像沒什麼必要。

走出浴室時，施安祈坐在客廳邊吃便當，邊用筆記型電腦看電影之類的東西，她見到我便放下筷子站起來。

「溼衣服給我吧，我拿去洗一洗脫水。」

我把衣服和用過的浴巾都交給她，她往陽台走，沒多久就聽見洗衣機的聲音，但施安祈沒有馬上回來，我避開擺著便當盒的位置，在另一邊的沙發坐下，突然也覺得餓了起來。

施安祈回來的時候，端來一杯水，和一包蘇打餅乾。

「想吃就吃吧。」

我猶豫了一下，終究沒動手，只拿起水杯啜了一口。

施安祈盯著電腦螢幕，默默吃著她的便當，彷彿打定主意一句多餘的話也不想對我說，畢竟我是個……該叫什麼來著？偷窺犯？

等我查出歐帥的死因，她一定會想聽的。

「妳媽媽什麼時候會回家？」

突然聽見問話，我一會兒才回神：「她上中班，晚上八點左右下班，九點前應該會到家吧？」

「我爸應該六點多就會回來，不過沒關係，他不會管妳，妳就待在我房間吧。」

我看向施安祈，她已經吃完便當，把電腦螢幕闔上，連看都不看我一眼，卻要讓我在她的房間裡躲雨，我真的越來越不懂了。

「雨停之後我就可以走了。」

「等衣服烘乾吧。」

施安祈站起來，拿著空便當盒往洗手槽走，我看著她的側影，猶豫著要不要叫她，但又不知道該跟她說些什麼。

「對了，門口有傘，要出去買東西吃的話，可以拿。」

「不用了。」我搖頭說，「我也沒錢包。」

她轉頭，看得出眼神中的疑問。

「那個，我遇到蔣懿馨。」我思索著該說出多少，「她以為我在跟蹤連依雯之類的，我為了跑走，不小心把背包搞丟了。」

施安祈擰起眉，緊癟著嘴，我試著露出一點笑容，但只見到她更加嚴肅。

「妳還在調查？」

「嗯。」我只好點頭。

「唉。」施安祈幽幽嘆一聲，走往陽台。

就這樣嗎？我以為她會想知道調查的結果，她難道不是最在意歐帥的那個人？就只是因為我做了她不能接受的事，也不承認我的調查嗎？

我望著陽台上她忙碌的上半身，她彎身撿出洗衣機裡的衣服，把其中幾件挑進臉盆，剩下的丟進烘衣機，走出陽台時，她對上我的視線，但馬上轉身走進廁所。

我沒有再盯著廁所門口看，但還是聽到開門聲，然後隱隱感覺人跡遠離，最後只剩下我一個人在客廳中，身上還穿著她的衣服，雨聲仍舊淅瀝嘩啦，陽台上烘衣機轟隆隆地響著。

我呆坐了不知道多久，實在受不了烘衣機的聲音，起身走進廁所。

其實沒有真的很想尿尿，但我還是脫了褲子坐在馬桶上，廁所裡強烈的生活感讓我意識到自己還在別人家裡，毛巾架上掛了幾件內衣，應該是剛剛才洗好的。

這時，我注意到旁邊晾著的內褲。

那是一件有點泛黃的白內褲，後方印著一隻小熊，小熊上面卻正好染上一塊洗不乾淨的汙漬，女性內褲上有經血造成的汙漬一點都不奇怪，但這個恰巧的位置卻讓我印象深刻。

我曾經看過這件內褲。

腦中一片空白，我不確定自己在馬桶上愣了多久，但一走出廁所，我就翻開施安祈的電腦，還好她沒有設定密碼。我打開瀏覽器的無痕模式，連上「色情擁抱」，在自己帳號下發的文拉了幾下，才找到「初潮幼女下體探索」這篇文，發抖的拇指按了幾下才點開文章，播放影片。

制服裙下的腿白皙瘦削，幾乎是沒有弧度的一直線，同樣白皙短小的指頭拉下泛黃的白內褲，被玷污的小熊從畫面一閃而過，幼細的大腿在畫面前分開，毛髮稀疏的下體一覽無遺。

毫無疑問，畫面裡這條內褲，現在就在我面前。

我關掉影片，拉回去看發文時間，是今年十一月，我剛開始上傳偷拍影片不久，上傳四個月，累積六千一百一十七個點擊數——也就是說，到目前為止，這個地球上最多最多有六千一百一十八人看過施安祈尿尿的畫面。

要刪掉嗎？這個念頭出現的瞬間，連我自己都不相信我自己。施安祈不會知道，所以也沒有必要刪除，雖然她知道色情擁抱了，但她就算繼續上這個網站，也不可能點開女生尿尿的影片來看，沒有道理特別刪掉她的影片。

維持原本的生活方式就好，我對自己說完，關掉網頁。

不知不覺間，烘衣機的聲音已經停了。

我呆坐在沙發上，不知道過了多久，見到施安祈抱著一大堆衣服走過來。腦中閃過小熊內褲的畫面，我克制想要搖頭驅散的衝動，強壓神色，走向施安祈，對她張開手臂。

「我來。」

施安祈遲疑了一下，才把衣服推向我，我硬是拿走一半以上，終於把她矮小的臉露出來，卸下大半負擔，施安祈快步走進房間，我也跟了上去。

她將衣服一股腦丟上床，我也跟著抛下，她從裡面翻出我的T恤和運動褲。

「掰掰。」她低聲說，然後開始摺衣服。

我愣了一下，才明白她的意思，儘管是我自己說隨時可以走，我卻跟著她在床緣坐下，抓了衣服過來摺。

施安祈抬頭，看著我的動作，我繼續做我的事，等她出聲制止，但她最後低下頭，兩人不發一語工作。

有一點安心，兩個人在一起做同一件事，卻不用說話。但剛才的發現還是甸沉沉在心裡，她會難過嗎？尿尿又不是什麼丟臉的事，甚至也不性感，話說回來，性感又有什麼好丟臉？

——那妳怎麼不拍自己呢？

路燈下，她溫柔的質問又在我腦中響起。

不知不覺，衣服已經摺得差不多，我拿起自己的衣服，等下換掉施安祈借我衣服，走出這間公寓，我們就回到不相識的狀態，若我真的找出那一天的真相，她也未必願意聽吧？這樣的話，她也就跟我至今為止上傳每一段影片中的無名氏沒有兩樣。

只是，就算我認識她，又怎樣？這明明沒有傷害任何人。

「妳可以不用再調查了。」

突然間聽到她的聲音，我發覺自己拿著衣服愣了許久。

「妳今天會淋成這樣，就是因為調查明娟的事吧？如果下次……如果下次受傷呢？」

我不確定自己比較驚訝的是她說話的內容或顫抖的語氣，我轉頭看她，見她垂頭抓著自己的膝蓋，頭上兩搓綁著小蝴蝶結的頭髮，像極小狗喪氣的耳朵。

我下定決心了。

「我不會受傷，會調查出真相。」而且，絕對不會讓妳知道被偷拍的事。

她抬頭，我向她詫異而憂心的眼睛勾起嘴角，然後拎著衣服走出房間。

雨小了許多，施安祈堅持塞給我一把傘，還有一百塊，我撐著傘到便利商店，但不想拿錢出來。
待到晚上七點，雨已經停了一段時間，我才回家門口，等快八點，媽媽才到家，我跟媽媽說包包是因為被狗追才弄丟，被唸了好一會兒。
回到房間裡，我把藏在胸罩夾層的隨身碟拿出來，想了一想，還是沒把它插上電腦。不過，我把至今為止在「色情擁抱」發過的文章都先設定為隱藏。
然而一整晚，我腦中還是一再重播，染著汙漬的小熊內褲被脫下的畫面。

隔天上學時，警衛在校門口叫住我。
「妳是二年五班葉知珩同學？」他看著我制服上的學號問。
是古懷瑄口中那個「滿帥的」年輕警衛，事情發生兩個星期，勇伯還是沒有回來。
「有人撿到妳的東西，送來這裡。」
年輕警衛拿出我昨天弄丟的包包，是被蔣懿馨學姊送來的嗎？一般好心路人應該會拿去派出所才對，但學姊怎麼會知道我的班級、姓名？
我一進教室，馬上把包包裡的東西翻出來看，結果找到一本上學期用剩的英文作業簿，原本是以防調查結果需要筆記才放進去。
所以，蔣懿馨知道我的身分了。
昨天還信誓旦旦對施安祈說我不會受傷，被蔣懿馨掌握身分的事情還是讓我有點緊張，她當然不可能在上課時間大剌剌地做什麼，但放學時間就難說了，我們學校的警衛對校友本來就很寬鬆，蔣懿馨又有「關心校隊學妹」的正當名義，差不多等於可以自由進出。不過至少我最近都沒有再放針孔攝影機，不必刻意留晚，趁著放學人潮趕緊離校，應該也不容易被她堵到人。

況且在擔心蔣懿馨以外，我心中更急迫要面對的是施安祈昨天硬塞給我的一百塊，錢當然是得還，但我從第一節下課前十分鐘就把一百塊握在手裡，卻踏不出教室的門。

猶豫之間，江之陵出現在我的教室門口。

「如何？有成功問到連依雯的家人嗎？」

我搖頭，我們趴在走廊的圍牆上，我把昨天發現的事一五一十告訴江之陵。

「妳因為這樣淋了整個下午的雨啊？」

不知為何，我感覺江之陵細長的上斜眼角帶著笑意。

「沒那麼久，我後來到……鄰居家躲雨了。」

「是喔。」江之陵聽起來不怎麼在乎，「那妳還要繼續去連依雯家堵人嗎？學妹可能還是會在那邊喔。」

「不然，查她的課表，趁她上課時間過去好了。」

「大學生哪有每堂課都去上的？」江之陵馬上吐嘈，「而且妳有人脈查出學妹的課表嗎？」

「當然沒有。」我毫不猶豫回答。

江之陵露出挑釁的微笑：「不然妳可以直接去找學妹，說不定歐帥發生事情那天，學妹也有跟蹤連依雯。」

「我也不是沒有想過……」這個瞬間，我想起昨天逼近的蔣懿馨，如果說那一天，蔣懿馨有來學校，看到連依雯和歐明娟一起走進廁所，會做出什麼反應呢？

「怎樣？不去找她？」

「要！」我的聲量似乎嚇了江之陵一跳，但管他的！

「妳……打算怎麼做？」

「跟蹤連依雯，她應該就會自己出現。」

「是沒錯啦。」江之陵咕噥，「總之祝妳順利。」

顯然沒有參一腳的打算，雖然我也沒有期待過，不過我倒是想到一件能讓她幫上忙的事。

「欸，妳可以幫我拿一百塊給六班的施安祈嗎？」

「你幹嘛不自己拿去？」

我聳肩，沒有回答。

「吵架了？」江之陵的口吻聽起來沒有多少疑問，「妳不怕我暗崁那一百塊？」

「反正我知道找誰討。」講到這裡，我不知怎麼興起一個念頭，問江之陵，「如果說，妳做了一件自己覺得沒什麼，卻知道別人會生氣的事情，但對方不知道有這件事，妳會怎麼做？」

「不知道不是很好嗎？」江之陵一臉莫名其妙，「不知道我幹過什麼壞事，就不會來找麻煩了。」

「就算知道，她應該也不會做什麼啦。」

「那不是更好？愛幹什麼就幹什麼，不用理他了。」

「嗯……」總覺得哪裡不對勁，我好像沒有把情境好好描述給江之陵理解。

江之陵把下巴擱在圍牆上，仰望雙手撐在圍牆的我。

「除非說，妳也在乎那個人的感受？」

我搖頭：「就算在乎，她不知道的話，也不會影響到她的感受。」

「妳這樣說是也沒錯啦。」江之陵挺直身子，跟我一樣雙手撐牆，望向前方，「不過大部分的人不會這麼想吧？只要是自己在乎的人，就算對方不會發現，也不希望他受傷害，不是嗎？」

我沒有回答，雖然很確定她完全沒有受到傷害，也下定決心不要讓她受到傷害，心中還是一再浮現她盈著淚水的眼睛。

「拿來吧。」江之陵向我伸出掌心。

我愣了瞬間，然後趕緊拿出錢包，掏給她一百塊。

「交給我啦。」江之陵用兩指夾住鈔票，塞進自己的裙子口袋，「妳就放心吧，雖然我跟施安祈不是很熟，但畢竟我們一直都在歐帥身邊，不可能沒有一點認識，她是我所知道最不會責怪別人的人了。」

是嗎？那麼認識第二天就被她責備的我，還真是無可救藥。

我的冷笑似乎被江之陵當作認同，她點點頭：「很好，就是這樣，等我的消息吧！」

我看著她信心滿滿離開的背影，真不知道她以為自己會帶些什麼消息回來給我？

第五章
獻給生者的引退作

上次跟蹤江之陵徹底失敗，連依雯身邊更是隨時圍著一大群人，但反正我已經知道連依雯家在哪裡，只需要在那邊等到學姊出現，星期一排球隊沒有練習，她應該會早點回家……應該會吧？

結果我等到天全黑了，才看到連依雯騎著腳踏車出現，遠遠見到她在家門口停下來，如果被學姊跟蹤的話，學姊應該會留在另一邊的轉角，我猶豫著要不要繞過一個街區去堵學姊，還是等連依雯進門再衝過去路口。

然而在我踩動腳踏車的瞬間，連依雯抬頭望過來。

「葉……知珩？」

跑嗎？然而在我加速同時，背後響起腳踏車聲，而且越來越近，打定主意要追上我的樣子，我不敢妄想自己甩得開排球隊的公主，索性便停下來。

「果然是妳。」連依雯跟著我停車，她用在夜色中依然明亮的眼睛打量我，有一點遲怯的樣子，「妳……不管怎麼說，我自己的東西，要拿給誰看都是我的自由吧？」

我愣了一下，才想到她指的應該是跟歐帥做愛的偷拍影片。

「我不是來說這個的，也絕對沒有怪妳的意思。」

連依雯訝異地睜大眼睛。

「是嗎？那安祈她……」

想到施安祈，我腦中浮現她一會兒笑、一會兒哭的面容，嘴邊露出冷笑：「她很難過，不過反正也不關妳的事。」

連依雯低頭，我有點意外她看起來並不開心，我以為她的目的就是要我們不好過。

「我沒辦法，妳那麼懷疑我，我想在妳給她先入為主的想法前，先跟她說清楚。」

「妳做得很合理，先讓施安祈知道我偷拍，她就不會聽我的想法。」雖然這個效果到隔天才出現就是了。

「我只是對她說了實話。」連依雯小聲咕噥。

「我說過自己不是來講這個的。」我打住話題，「其實我去妳家不是為了找妳，而是想找蔣懿馨學姊。」

「懿馨姊？」連依雯抬頭。

「嗯。」我點頭，「妳不也說了，她到現在還糾纏著妳，所以我想說，可能有機會在妳身邊堵到她。」

「但是她那一天沒有回我們學校。」連依雯似乎猜出我的想法，「雖然她最近連沒有排球隊練習的日子都不時出現，有時候甚至一放學就出現在我的教室外面，但那一天沒有。」

我當然不會輕易相信連依雯的話，只是說：「我想問她的不只是那一天的事。」

「好吧。」連依雯沒有繼續堅持，「但妳今天來我家等也沒有用，懿馨姊今晚有大學校隊的練習。」

「喔？」我盯著連依雯的臉，她立刻別開。

「是她擅自跟我說的，明明整天做了什麼都要一一傳訊息來講，卻總是一點通知都沒有就突然在我身邊冒出來，我也是很困擾。」

「不管怎樣，謝啦。」我對連依雯說，雖然覺得有點諷刺，我找蔣懿馨，有一部分也是為了確認連依雯有沒有說謊。

「妳該不會，現在要去球場找她？」連依雯的反應依舊很快。

「不就是最好的時機嗎？」

「她們通常都練習到九點以後欸，有時候甚至到快十一點才回家。」連依雯露出一副好人家孩子的不可置信。

其實媽媽晚上也是九點左右就會回來，如果比她晚到家，可能就不會像上次警局回家那樣唸唸就罷，但我對連依雯聳聳肩。

「有什麼關係？就去看看。」

連依雯沉默了一下，緩緩開口：「如果妳可以等半小時，我帶妳去。」

我打量連依雯的表情，她看起來下定了決心，我有點意外，但又不是那麼意外，連依雯應該猜得到我為什麼執著於找學姊，想盯著我也不是不可能。

「怎麼樣？可以嗎？」連依雯溫聲催促，「如果妳覺得能從懿馨姊口中問出什麼，我也想知道啊。」

「妳不怕被學姊纏住？」我反問。

連依雯皺眉：「我們站遠一點，她在打球不會注意到我的，等她打完，時間晚了，總不能拉著不讓我回家。」

「妳可以的話，我也無所謂。」反正我也沒必要非得今天問到蔣懿馨，知道她在哪裡出沒的話，以後有的是機會。

「嗯，那等我喔。」連依雯彷彿叮嚀般柔聲說，不知道的人恐怕還會以為我們要去約會。

也許是怕我改變主意，連依雯進家門才二十五分鐘左右就出來，她已經換上便服，是短褲和連帽運動外套，畢竟還是有點涼意的春夜，帆布鞋內又穿上過膝白襪，我不由多看一點露出襪頭的腿，排球隊員的腳當然不可能是什麼鳥仔跤，但也沒像魏湘涵說的那麼慘烈，甚至稱得上結實好看。

我們跨上腳踏車，連依雯帶我穿過大半個城市，來到近郊的大學校區，她似乎熟門熟路，停車的那個校門，轉進去就是燈火通明的排球場。

「她在那裡。」連依雯遠遠停下腳步，壓低聲音對我說。

強力白光下，我唯一認得的背影高高躍起，殺下網前一球，我彷彿見到不久前第一次在排球場看到連依雯的情景，明明長得一點也不像，打起球來的角度、姿態、反應，還有吸引目光的力量，簡直姊妹一般。

下一球，往返一次後，換成對手直攻網前，蔣懿馨一個跳步，輕輕把球撥了回去，前排中間反應不及，眼睜睜看著球落地。

「啊！」身邊的連依雯發出壓抑的驚叫，我用餘光瞥向她，她聚精會神看著球場，也許只是身為排球員的本能，但只要關注這場球賽，就不免把目光放在蔣懿馨身上，這時的蔣懿馨或許已經不是死纏爛打的舊情人，而且球場上崇敬的學姊。

我好像也能理解，蔣懿馨當年為什麼會受歡迎了，就連對排球一竅不通的我，也看得出她是場上最耀眼的人，而如今的連依雯，在我們學校的排球隊中，也是相同的地位。

「妳還是會幫學姊加油啊。」

遲了一點，連依雯才意識到我對她說話，低聲回答：「她還是很厲害，這點我沒話說。」

「看歐帥比賽，也是這種感覺嗎？」

連依雯沒有馬上回答，似乎在回憶中的她，露出既懷念又哀傷的表情。

「她跳高，助跑的頭幾步總是很悠哉，好像不怎麼在乎似的，然而到竿子前會突然衝刺，在妳還沒反應過來的那一瞬間就躍上高點，妳只會記得她停在空中，把陽光也遮住的剪影。」

我沒辦法從連依雯的話想像那是什麼樣的畫面，但聽得出她非常非常地仰慕那一瞬間。

「妳總是被那種東西吸引啊。」我由衷說。

然而連依雯噘起嘴：「只不過她們正好都在我身邊罷了，我也不知道理由。」

是正好嗎？我想到江之陵說的話，當初高一剛入學的連依雯，特別去看不是自己學姊班的比賽，為球隊的學姊送水、擦汗，之後便成為蔣懿馨眾所皆知的女友。

歐帥的時候也是，連依雯約她逛街、約她吃飯，然後跟她一起走進廁所隔間。

「學姊現在還是努力回到妳身邊，但妳卻不喜歡她了。」

這一次，連依雯露出一點為難。

「我覺得，她看起來越來越遠，剛畢業的時候，她幾乎沒有回來過，是等到我開始考慮分手，才頻頻回來排球隊，就算回來了，也感覺有什麼東西不太一樣。」

我不知道連依雯的話能夠相信多少，蔣懿馨或許會說出一個完全不一樣的故事，但我想她真心相信自己是百般不願才選擇分手，就像她真心相信歐帥內心喜歡著自己。

我們在球場邊待到八點半左右，我就主動說要回家，看不出連依雯是失望還是鬆一口氣，她在回去的路上很沉默，不過我們要分頭回家時，還是跟我說了再見。

隔天，排球隊有練習，我特別走到靠近操場的一年級教室，遠遠往排球場望，不過也沒看到任何像是學姊的人物，我不死心往場邊繼續找，卻看到一個矮小的身影，頭頂綁著兩搓標誌性的蝴蝶結，她靜靜坐在場邊，但也不像在看球賽，似乎看著球場以外的地方。

在那個下雨天後第一次見到施安祈，雖然只是遙遠的背影，還是覺得有點反胃，手腳都麻起來，拚命排除腦中不請自來的畫面。

施安祈去找連依雯嗎？她不是已經放棄調查？我的視線找到場中央的連依雯，她們還在做暖身運動，以距離來說，不可能沒看到施安祈，但沒有打招呼的動作，也沒有要對話的意思。

搞不好這樣對我反而有利，如果施安祈驚動到蔣懿馨，我反而能躲在暗處行動，想起那一天瘋狂奔跑的情境，又覺得心跳快了起來。

是說，施安祈平時走得挺快，但她的腿這麼短，應該更跑不過學姊吧？

胡思亂想許久，天色漸漸暗了，看看手機，時間接近六點，排球隊的練習應該也是在六點多就結束，雖然已經被連依雯知道我的打算，還是不怎麼想遇上她，我決定提早下樓往車棚去。

校內路燈六點才亮，正是一天最混沌的時分，我快步走入連夕陽都照不太進去的車棚，趕在校隊的人來牽車前找到我的腳踏車，在昏暗中開密碼鎖。

好像有腳步聲，不知道是不是校隊早退的人，我加快手上動作，反而把密碼多轉了一格，只能噴一聲，認命重轉。

突然間又暗了一點，我抬頭，見到蔣懿馨站在旁邊，低頭看著我。

呼吸瞬間屏住，怎麼辦？我就是來找她的，這不是成功了嗎？我原本是打算跟她說什麼？

「葉知珩。」學姊叫出我的名字。

我的手摸進書包，尋找手機。

「看起來妳有拿到書包了。」

摸到了。

「學姊，這麼巧，我正要找妳。」

蔣懿馨臉上閃過意外。

「什麼事？」

「去別的地方說吧。」

她沒有猶豫太久便回答：「要講什麼在這裡講就可以了。」

「恐怕是妳不想讓人聽到的事。」我迅速張望一下四周，視野所及沒有別人，「田徑隊的歐明娟死前發生的事。」

「我……不認識那個人。」蔣懿馨背光的臉上表情曖昧，但聲音聽起來有些動搖，希望不是我的心理作用。

「跟連依雯在一起的人，學姊難道不認識嗎？」

蔣懿馨沉默著，不知道在估量什麼，我踮腳湊近她耳邊：「我有她們在一起的畫面，應該是妳也曾經跟她做過的那種。」

離開她精緻的臉蛋時，我迅速窺探她的表情，確實見到了震撼，不禁在心裡好笑，打從心底堅持做愛或尿尿都沒什麼好羞恥的我，用起偷拍畫面威脅人還是這麼有效。

「先給我看看。」蔣懿馨對我伸出手。

「再過不久，排球隊的人應該會有不少來這裡，妳不會想在這裡播放連依雯的精彩畫面吧？」

像是在附和我，車棚旁的路燈突然亮了起來。

「去大榕樹那邊。」蔣懿馨最後說。

我們繞著離操場最遠的路徑，走到全校最好的翻牆點，站到定點，蔣懿馨馬上轉身盯著我，我把一直握在手中的手機從書包裡拿出來，蔣懿馨才伸手，我又縮了回來。

「不准動手，雙手背在後面看。」

蔣懿馨瞪了我一眼，雖然她原本的眼神就離瞪差不了多少，然後乖乖把手背到腰後。我叫出影片，開始播放。

她看得目不轉睛，原本就大的眼睛更加嚇人，我一直盯著她的手臂，深怕會一個激動過來搶手機，還好是平安無事地看完，我趕緊把手機收回書包。

「給我看這個，是要幹嘛？」蔣懿馨抬頭看我。

「要問妳，之後發生了什麼？」緊抓著手機的手心已經開始冒汗，這點溼氣應該不至於壞掉吧？

蔣懿馨緊抿著嘴，要不是塗著大紅色的唇膏，都要被她自己給咬白了。

「妳有看到吧？裡面那個短髮女生奪門而出的時候，妳不是一直都跟著連依雯嗎？」

蔣懿馨沒有反駁，她看起來還在思索，我死命盯著她的眼睛，連眨眼都不敢，然而她突然移開視線，飄向我身後。

「是妳嗎……懿馨姊？」

我轉身，見到背著書包的連依雯，而她眼中只有蔣懿馨。

「依雯……」蔣懿馨的聲音突然軟了下來。

連依雯繼續走向我們，最後穿過我身邊，來到蔣懿馨面前，她仰著臉，卻好似把蔣懿馨給壓矮了。

「歐帥……歐明娟會跑走，都是因為妳吧。」

等一下，她在說什麼？我定睛細看連依雯的側臉，她看起來相當認真，甚至隱隱含怒。

「這個……我不知道。」蔣懿馨低下頭，「我從操場跟著她走回二年級大樓，然後在一樓看著她走進妳的教室，我本來在樓梯口等妳們，但等得不耐煩，就爬上樓，正好在廁所前看到……」

連依雯接上話：「她一定發現妳在跟著。」

「暫停暫停！」我走到她們倆旁邊，雖然插不進去，「就算歐明娟發現了，會等做到一半才逃跑嗎？」

我同時被兩人瞪了一眼，下意識後退半步。

「或許她真的發現了，我也沒多刻意躲她，要是她來問我幹什麼，正好叫她別纏著妳。」
「然後呢？」連依雯眼睛裡水光一閃，說話便帶上哭音，「她跑出去找妳，之後呢？」
蔣懿馨的樣子又遲疑了：「我看她跑出來，立刻追上去，把她拉到頂樓談話。」
如果歐帥是為了找蔣懿馨才跑出去，哪還需要學姊追她？
「我問她在廁所裡做了什麼，她竟然回答我不知道！什麼叫做不知道？都被錄下來了……」
蔣懿馨的聲音突然變小，看了我一眼，又看回連依雯。
「我早就知道了。」連依雯埋怨般回答。
「那為什麼妳沒有……」
連依雯舉起手，制止蔣懿馨的話。
「這個等下再說，妳先告訴我那天後來的事。」
蔣懿馨吸一口氣，繼續講：「她說這種爛謊，我當然是要問到她講真話，但她死都不講，甚至很委屈似的，一直退後，然後……然後就……」
「以圍牆的高度，會這麼容易掉下去嗎？」連依雯質疑。
「這個……我們是有拉扯了一下。」蔣懿馨別開臉，但又迅速轉回來，「誰叫她要說謊！」
「欸，我打斷一下。」彷彿想增加自己的存在感，我舉起沒拿手機的右手，「妳們有沒有想過，歐明娟可能真的不知道發生了什麼事？」
又被瞪了，不過這次，她們的眼光中多了一點狐疑。
「妳們想想看，自己第一次知道人怎麼做愛，是什麼時候的事？在心裡想就好，不用說出來。」我看看蔣懿馨，又看看連依雯，蔣懿馨用眼角偷瞥著連依雯，但連依雯的視線落在遠處的地上，「然後，又是什麼時候知道，男生跟男生要怎麼做？」

「別把我們當白癡。」蔣懿馨斥罵。

「妳就說說嘛，怎麼做？」

「不就……不就是走後門。」

「錯！」我馬上回答，「其實肛交是很麻煩的，事前事後的清理什麼，一不小心就會變落屎，所以實際上的男同性戀，比較常彼此打手槍或口交。」

蔣懿馨看著我的表情，好像看到什麼怪物，連依雯還是望著什麼也沒有的水泥地。

「我的意思是，其實我也是幾天前才開始想女生和女生要怎麼做的問題。」至於是因為看到真人示範影片，就絕對不能提，「在這之前，一個沒想過要跟女生做愛的女孩子，一般來說不會多在意這件事。」

「這也太誇張了……」蔣懿馨喃喃說。

「我想她應該不至於一無所知，不然就不會發現不對勁，而跑出廁所，但她不能確定這是不是自己猜想的事，『不知道』已經是她最誠實，也最不傷人的答案，她總不能說，自己被新交上的好友給……」

「才不是這樣。」連依雯打斷我的聲音又細又柔，「她丟下田徑隊，一個人來教室裡找我，難道不是為了跟我獨處嗎？她讓我一起進廁所，不是還回頭笑了嗎？她可以在我碰到她的時候就喊停……不是嗎？」

說話的聲音漸漸化為嗚咽，蔣懿馨向她伸出手，卻被連依雯揮手擋下。

「可能她……大概……也許……」模糊的想法在我腦中，終究沒有講出來，我突然被揪住領子，拖到蔣懿馨面前。

「閉嘴，那傢伙明明就很喜歡依雯，一定是這樣！」

我看著學姊大吼，感覺口水都要噴上來了，很想舉手起來抹一抹，但又不敢。

「學姊，那也是我猜的，猜對猜錯也不……」

「一定錯了！」

「嗯……」我放棄了，反正都不干我的事，我已經問到我想知道的事，「我要說的話，都說完了，我要回家了。」

「等等，那個影片。」蔣懿馨伸手探向我的書包，我趕緊閃身，但因為領口還被揪著，手長的蔣懿馨翻開書包，往我藏在裡面的手抓，不過她為了箝制住我，也無法專心找手機，一時僵持不下。

突然間，我的腰被環抱住，耳邊出現一個聲音：「懿馨姊，妳翻。」

蔣懿馨鬆開我的領口，但我被連依雯那雙殺球的手臂緊緊圈住，現在才來後悔不上體育課，好像太遲了，我雙手護住書包，身體拚命扭動，想甩開連依雯，但她文風不動，空下雙手的蔣懿馨硬是拉開我的書包，把我的指頭一支一支扳開，搶到手機。

慘了。

蔣懿馨臉上的表情一愣，在螢幕上按了幾下，然後手機放出沙沙沙的雜音。

『學姊，這麼巧，我正要找妳。』

幾分鐘前我的聲音，原原本本從手機裡傳出來。

「那是什麼？」連依雯還緊緊抱著我。

「妳……妳剛剛還錄音？」

完蛋了，我盯著蔣懿馨的手指，只要她稍稍動兩下，剛才的自白就會消失，我要拿什麼真相給施安祈看？

一道炫目的白光突然刺進眼睛，我反射閉上眼，同時聽見皮鞋的奔跑聲。

「同學，不要打架，已經報警了。」

遠遠就聽見警衛大叫，我感覺腰際被鬆開，趕緊向前跑。

「她們搶我的手機。」不管怎樣，先告狀不吃虧。

「妳……妳才……」蔣懿馨說不出我的罪狀，只能遠遠瞪著我。

「手機給我，通通都跟我到警衛室去。」

蔣懿馨緊抓著我的手機，恨不得要把它揉成一團那樣，但最後還是把它交到警衛手中。

這時，我聽見另一陣腳步聲跑過來，回頭見到穿著制服、綁著兩搓小蝴蝶結的矮小身影，又是她，頑固地一再跟上，像是無論如何都會回家的小狗，雖然覺得自己緊張到快要吐了，但也有種，終於到家的感覺。

「是妳找警衛來的？」她來到我面前時，我小聲問。

「沒事吧？」施安祈快速打量我一眼。

我搖頭，又一次悄聲問：「妳怎麼會找來這裡？」

施安祈壓低聲音回答：「妳的車還在，鎖掉在地上，我怕……怕是學姊……」

「妳為什麼覺得是蔣懿馨？」

「之陵告訴我，妳還是打算去找她。」施安祈越說越急的同時，聲量也漸漸正常，「我在排球場等，一直沒等到妳，後來死心到了車棚，卻看到……」

警衛這時帶著蔣懿馨和連依雯經過我們身邊。

「先到警衛室再說吧，警察應該快到了。」

我和施安祈視線交會，然後我們並肩跟在他們後頭，我故意走得慢一些，差了五、六步遠，施安祈見了，也配合我的步伐，我瞥她一眼，低聲問：「妳去排球場，是要找我？」

「不是跟妳說，不用再調查了？」施安祈也刻意壓低聲量，但語調很重。

「我又不是因為妳叫我調查才……」我自己說到一半打住。

「妳……明明就不認識明娟，幹嘛為了她……」儘管說話聲音很小，吸鼻子的聲音卻無法控制，還好另外三人已經跟我們有一段距離。

「唉，又不是為了她。」我幾乎是用自言自語的音量，然後稍微大聲一點，轉回正題，「妳來的時候，正好看到學姊要搶我手機，才去找警衛？」

施安祈搖頭，緩了幾口氣，才用比較平穩的聲調回答：「我其實更早就到了，因為在車棚遇到依雯，她聽了也說學姊有時會到車棚等她，要我先找教室區，她找其他地方，想不到她後來會幫學姊一起搶妳的東西，我想就算自己上前，也不見得搶得過她們，就先直接報警了，因為我想事情一定跟明娟有關，或許警察願意來，那個最老的警察有給我手機號碼，後來想警察再快也要幾分鐘才能到，所以先找了警衛過來。」

所以她一直在旁邊偷聽囉？說不定她根本就已經聽到蔣懿馨的自白。

「妳是什麼時候到的？」

「那個……就是……」施安祈的聲音幾乎縮到有點模糊，我稍微偏頭，但她把臉別得更開，只隱約聽見，「妳在講……女生跟女生……」

喔，那個時候啊，那應該是沒聽到，我看看警衛室也快到了，趕緊長話短說：「聽著，學姊承認那天跟歐明娟在頂樓上有一點拉扯，可能就是在那時候……」

我的袖子突然被扯住，我們還是維持相同速度前進，我看了一眼施安祈，她也仰頭看我。

「明娟……是被學姊……」

我突然覺得自己太過著急，只想著等一下又要被叫進警局問話好久，迫不及待要把事情告訴施安祈，但話都開口了，我盡量清楚，不帶太多偏見地回答：「學姊是因為看到她們在一起，才跑去追，然後就扭打起來，應該是扭打中掉下去的。」

路燈間的微光沒辦法照清楚她的表情，到底她是難過？是憤怒？還是不甘？我怎麼也看不出來，心中卻鮮明地出現，那一天她在家裡，談起歐明娟時的淚水。

實在不想真的看到，但又不斷在腦中浮現。

前方出現紅藍相間的閃光，有輛警車停在校門口，警衛向站在車旁的兩個警察大力揮手，蔣懿馨和連依雯低著頭停在校門的柵欄前。

我掏出一直放在口袋裡的東西，把施安祈的手從我的袖口抓下來，同時把東西塞進她手心。

「對不起。」刻意湊到她耳邊，不想被任何人發現。

「欸？」即使看不到表情，也聽得出聲音中的疑惑，但施安祈並沒有多問什麼。

我鬆開她的手，頭也不回，走向紅與藍的閃光。

我們輪流接受詢問，先是我，然後蔣懿馨，最後連依雯，然後為了確認彼此證詞間出入的細節，又各被問了一次。

連依雯當然說出了偷拍影片的事，因為在我的錄音中，我拿影片威脅蔣懿馨，警察聽起來比較相信連依雯被偷拍的說法，不過因為這個案件會由另一個組別負責，警察只稍微問了跟歐明娟和連依雯有關的部分，然後告訴我之後還會有其他警察跟我聯絡。

我沒有多說什麼，但也沒有再說謊，事到如今，針孔攝影機的事情總會被發現的，但我並不後悔一開始說出連依雯和歐明娟之間的事情。

蔣懿馨和連依雯跟警察講的話，應該跟剛才在校園說的差不多，我想這就會成為真相了，畢竟也沒有更合理的解釋。

警察通知了媽媽，媽媽本來要早退來警局接我，但後來我被連依雯的爸媽順路載了回去，他們一來就罵連依雯交什麼女朋友，要交也不要做這種事情。

聽起來他們並不知道偷拍的事，問起我是誰時，連依雯只說：「她是看到事情發生的人，所以也被警察叫來。」

時間這麼晚了，既然是同學，那就一起回去吧，連依雯的爸媽看到我還在等媽媽，就這麼說。踏出警局大門時，我忍不住往路燈下望了一眼，當然是什麼人也沒有。

或許再也不會見面了吧？所以在校門口的時候，才急急把話說完，到頭來還是沒能見到她的反應，到底是為了什麼才打破決心？自己都覺得可笑。

我是不是自私地選了傷害她最多的路呢？

連依雯的爸媽放我在大馬路下車，我自己走進巷子。彎進我家的那條巷子，看到人影瞬間，就清楚感受到心臟跳動，那人站在我家公寓門口，黑暗中的側影隨著我接近越來越清晰，在我能肯定身分同時，她也抬起頭，看見我的靠近。

「妳怎麼……」不，這不是我真正想問的問題，我看著她的臉，卻問不下去，她沒有哭，只是相當相當地哀傷，比我所能想像的，都還要令人痛苦。

「妳的。」在我們之間剩下一隻手臂的距離時，施安祈伸出手，作勢要還我隨身碟。

我連忙推開，不知道她到底看過沒，只能含糊說：「那是要給妳的，妳用吧。」

「唉，我就算喜歡女孩子，也不會想要這種東西。」

心口，瞬間被揪緊的感覺。

明明是我主動給她看的，卻還有一絲她並沒意會的僥倖，但這麼說的話，她已經看了隨身碟的內容，那麼她有看到……

「妳要我看的，是我的……影片吧？」

這個時候我卻不敢抬頭，不敢面對想像過許多次的表情。

「對不起。」最後我還是只說出這一句。

「因為偷拍嗎？」她的聲音有些飄忽。

「嗯，因為妳難過了。」

她頓了一下，才說：「妳該對不起的對象還有很多。」

「但是，對她們就不會這樣真心誠意了。」

施安祈嘆了一口長長的氣。

「妳還真是……」

「因為，我不會想像她們難過的樣子。」都說到這裡了，我還是沒勇氣抬起頭，「我本來想，真的看到妳生氣的話，我就不用再想像了。」

「我沒有生氣。」

不可能吧？怎麼可能不生氣？但我也不覺得施安祈會這樣敷衍人。

「我只是太希望妳是好人了。」

我冷笑一聲：「妳不是認識我第二天，就知道我很會說謊嗎？」

「可是妳……」施安祈的聲音顫抖起來，「妳這麼努力要找到真相，一定是在乎著什麼，就算不是為了明娟好了，這份在乎，也是好的東西吧？所以我真的不想討厭妳，自私地不想再聽到，讓我必須討厭妳的事情。」

我的在乎，是好的東西嗎？

「自私的是我吧？明明可以不讓妳知道的。」

「嗯。」施安祈輕聲回應，也許是因為這樣，聽起來格外細柔，「我很難過，很害怕，很不舒服，但我還是有那麼一點點高興，妳告訴我了。」

真的是這樣嗎？我終於稍微抬高視線，然後瞥見的表情，還是非常非常地哀傷。

「我會把已經上傳的影片通通刪掉。」

「欸？不是已經刪掉了嗎？」

嗯？我只意外片刻，就想到施安祈應該是在看過隨身碟的內容後，馬上到「色情擁抱」確認過了。

我搖頭說：「只是先設定隱藏而已，那時候我還打不定主意，但現在我決定了，就算那些影片一點也不丟臉，看的人的惡意——只是想要看別人不想給人看的東西的惡意，或許一點都不該有機會存在，如果這個世界的人都不在乎被看到身體，那麼原本想看的人應該也就變得不想看了吧？所以打從一開始想看，就跟想傷害人沒兩樣，完全只是惡劣而已。」

「知珩……哇啊——」

欸？怎麼了？我慌忙抬頭，施安祈突然一把環抱我，埋頭大哭特哭了起來，我雙臂被緊圈著，動也動不了，只能被她的顫抖震動。

真想摸摸她頭上的蝴蝶結。

過了許久，施安祈終於鬆開我後，還是沒告訴我，究竟在哭些什麼。

「我要回去了。」她抹抹眼睛，轉身離開。

「啊……等等！」

她走出兩步，我才趕緊叫住。
「妳稍等一下，一下下就好。」
我打開鐵門，跑上樓梯，進到我家，抓了掛在廚房好幾天的袋子，又跑下樓。
「這個……還……還給妳。」
施安祈接過袋子，打開看了一眼。
「噗哧！」
我看她抬頭，淺淺的笑意沉入很深的哀傷中，輕輕說道：「妳還是洗乾淨了啊。」
我沒有回答，她大概也不需要我回答，直接轉過身，這一次真的離去。
（全文完）

【後記】

好幾年前我聽到身邊的人在聊天，有個人說：「怎麼可以有性別友善廁所？如果有個大叔說他自認自己是女生，結果進女廁偷看怎麼辦？」

且不提為什麼要是個大叔，真的只有異性會偷窺嗎？於是我心中出現一個人，她是一個少女，一個喜歡看GV的少女，她對看別人尿尿沒有興趣，但是她知道有人想看，也願意拿東西來交換，所以光明正大走進女廁放針孔攝影機。

一開始葉知珩的故事就只有這樣，她偷拍到意料之外的畫面，並且因此追查同學間的情感關係，都是後來的事情了。在葉知珩默默躲在她的小角落偷拍的那幾年，社會上又發生了不少事，看過不少、也參與過不少討論，於是我也把自我矛盾過的這種想法寫進故事中。

至於寫百合，就只是我想寫而已。

如果放著我不管的話，我的故事總是充斥著女性，相較於男孩子，我覺得自己會寫更多類型的女性角色，不過「盜攝」這個故事是有意識地要寫一個純粹少女的故事，畢竟都百合了，好像也沒什麼地方塞男生進去嘛（笑），而且除去性別之後，或許能更單純地看待人類會做的事情也說不定？

於是，故事發生在和羊女中，除了是間台灣如今越來越少的純女子高中之外，我沒有描寫太多，不過講件小小的事，在很多年前，葉知珩都還沒出生的時候（？），那裡曾經發生一段短短的異事，現在只能從《八月病》看到當初的記載，而當年的人也幾乎都離開這間學校了——幾乎而已。

最後，這次除了幾年前在我身邊聊天的那位應該不會看到這本書的人士外，我還得感謝許多人，秀威出版社的喬編輯、設計出這個厲害封面的劉設計師與出版社中許許多多工作人員，幫忙看第一版稿件並提供許多建議與抓蟲的木几、無胥和壹一，還有翻開這本書（或者直接翻到後記）的你。

千晴

要推理72　PG2391

要有光 FIAT LUX　盜攝女子高生

作　　者	千　晴
責任編輯	喬齊安
圖文排版	周怡辰
封面設計	劉肇昇
出版策劃	要有光
發 行 人	宋政坤
法律顧問	毛國樑　律師
印製發行	秀威資訊科技股份有限公司 114台北市內湖區瑞光路76巷65號1樓 電話：+886-2-2796-3638　傳真：+886-2-2796-1377 http://www.showwe.com.tw
劃撥帳號	19563868　戶名：秀威資訊科技股份有限公司 讀者服務信箱：service@showwe.com.tw
展售門市	國家書店（松江門市） 104台北市中山區松江路209號1樓 電話：+886-2-2518-0207　傳真：+886-2-2518-0778
網路訂購	秀威網路書店：https://store.showwe.tw 國家網路書店：https://www.govbooks.com.tw
總 經 銷	聯合發行股份有限公司 231新北市新店區寶橋路235巷6弄6號4F 電話：+886-2-2917-8022　傳真：+886-2-2915-6275
出版日期	2020年3月　BOD一版
定　　價	250元

國家圖書館出版品預行編目

盜攝女子高生 / 千晴著. -- 一版. -- 臺北市 :
要有光, 2020.03
面 ;　公分. -- (要推理 ; 72)
BOD版
ISBN 978-986-6992-40-7(平裝)

863.57　　　　　　109001341

讀者回函卡

感謝您購買本書，為提升服務品質，請填妥以下資料，將讀者回函卡直接寄回或傳真本公司，收到您的寶貴意見後，我們會收藏記錄及檢討，謝謝！

如您需要了解本公司最新出版書目、購書優惠或企劃活動，歡迎您上網查詢或下載相關資料：http:// www.showwe.com.tw

您購買的書名：________________________________

出生日期：__________年__________月__________日

學歷：□高中（含）以下　□大專　□研究所（含）以上

職業：□製造業　□金融業　□資訊業　□軍警　□傳播業　□自由業

□服務業　□公務員　□教職　□學生　□家管　□其它_____

購書地點：□網路書店　□實體書店　□書展　□郵購　□贈閱　□其他

您從何得知本書的消息？

□網路書店　□實體書店　□網路搜尋　□電子報　□書訊　□雜誌

□傳播媒體　□親友推薦　□網站推薦　□部落格　□其他__________

您對本書的評價：（請填代號　1.非常滿意　2.滿意　3.尚可　4.再改進）

封面設計____　版面編排____　內容____　文／譯筆____　價格____

讀完書後您覺得：

□很有收穫　□有收穫　□收穫不多　□沒收穫

對我們的建議：________________________________

____

____

____

請貼
郵票

11466
台北市內湖區瑞光路 76 巷 65 號 1 樓
秀威資訊科技股份有限公司 收
BOD 數位出版事業部

....

（請沿線對折寄回，謝謝！）

姓　　名：____________________　年齡：________　性別：□女　□男

郵遞區號：□□□□□

地　　址：____

聯絡電話：(日)____________________　(夜)____________________

E-mail：____